JN042767

「死んでみろ」と言われたので死にました。

江東しろ

23357

角川ビーンズ文庫

Contents

ナタリー
ペティグリュー伯爵家の令嬢。
癒しの魔法が使える
ユリウス
ファングレー公爵。
「漆黒の騎士」
とも呼ばれる
「死んでみろ」と言われたので死にました。
人物紹介

マルク

漆黒の騎士団の
副団長。女好き

エドワード

フリックシュタインの
第二王子

お父様

ペティグリュー伯爵。
娘を溺愛している

お母様

ナタリーの母。
穏やかな淑女

フランツ

ファングレー公爵家
専属の医者

ミーナ

ペティグリュー伯爵家
の侍女

本文イラスト／whimhalooo

プロローグ

「……死んだほうがましですわ」

「……なに？」

冷ややかな視線が二つ、私――ナタリー・ペティグリューに向けられている。一つは公爵《こうしやく》家に嫁《とつ》いでからずっと……もう一つは数年前から、会うたびに私へ向けられていたものだった。暖かい暖炉《だんろ》が完備された豪華《ごうか》な執務《しつむ》室に、その視線はとても対照的で――物の方が温《ぬく》もりを感じられるなんて、本当に皮肉だ。

「このままここで暮らし続けるより、死んだ方がましって言いましたの」

「……………」

「はぁ」

妻を一切顧《いっさいかえり》みないどころか、嘲笑《ちようしよう》し冷遇《れいぐう》してくる……目の前の男――それが、公爵という肩書《かたが》きを持つユリウス・ファングレーという人物だ。一方でため息をつき、こちらを侮《ぶ》蔑《べつ》してくるのは私が産んだユリウスジュニア……名前は、呼ばせてもらえていない。

「仮にもお母様なのですから。わがままは、お控《ひか》えください」

「ごほっ……生意気な坊《ぼう》やは黙《だま》ってくださいませんこと?」

「なっ⁉」

わがままなんて軽い気持ちだったら、平和だっただろうに。息子《むすこ》を産んだらすぐに引き離《はな》され……数年後に再会した息子は母親を蔑《さげす》むクソ人間になっていた。けれど私を蔑んでいるのは息子だけではない。メイドたちも食事をまともに出してくれず、そのせいなのか気づいたら変な咳《せき》が止まらなくなっていた。医者を呼んでも治らないので、ずっと体調が悪いまま――居心地《いごこち》も最悪なこの環境《かんきょう》にずっと耐《た》え続けるのは……もう無理だった。だから文句を言いに、加えて離縁《りえん》を申し込みにきたのだ。そんな私のことなど、お構いなしにユリウスは「……はっ」と鼻で笑ってきた。

「なにが、ごほっ、おかしいんですの?」

「文句だけは一人前だと思ってな」

「はい?」

「できもしないくせに、死んだ方がましだと?」

「……」

「そう言えば、金が貰《もら》えると思ったのか? ……強欲な女だな」

離縁を申し込もうと思ったのに、あんまりな言葉を投げられ絶句してしまう。輿入《こしい》れしてから、言いなりになっていた私がどうして――まあそれがいけなかったのだろう。漆黒《しっこく》の艶《つや》やかな髪《かみ》にルビーのような輝《かがや》く瞳《ひとみ》を持つ、美貌《びぼう》の旦那《だんな》様に何も言えなかった私が悪いのだ。

「……勝手なことを言わないでください。げほっ、私が気に食わないのなら離――」

「ふん……そんなに言うのなら、即死《そくし》の異名を持つ短剣《たんけん》を貸してやろう」

「はい？」

「言葉通りに、死んでみろ」

そう言って、ぞっとするほど冷たい目をしたクソ男は鞘《さや》に入った小ぶりの剣を投げて寄越《よこ》してくる。それを見ていたクソ男と瓜二《うりふた》つなジュニアも鼻で笑いながら、見つめてきて。

（ほんっと頭にくる！　私のことをどこまでバカにすれば気がすむのかしら）

床《ゆか》に落ちている短剣に視線をやる。人は絶望や怒《いか》りが頂点に達すると、思い切りがよくなるようだ。まさに今の私みたいに。

「まあできないだろうが……は？」

「えっ」

二人の男が、ぎょっとした目でこちらを見る。結局生きていたって、もうドン底の人生だ。生きるのにも疲《つか》れた私は、素早《すばや》く短剣を拾い鞘から取り出し――ありったけの力を両手にこめる。

「だいっきらい！　あなた方を……憎《にく》みますわ！」

そう啖呵《たんか》を切って、私は短剣を自分の胸に振《ふ》り下ろした。強烈《きょうれつ》な痛みと共に眩《くら》む視界、制御《せいぎょ》の利《き》かなくなっていく自分の身体《からだ》。

「ごっ、ほ……」

（お父様、お母様……本当にごめんなさい）

脳裏《のうり》に浮《う》かんだのは、自分を愛してくれた亡《な》き二人の顔。現実からは……耳元で大きな足音や声が聞こえた気がしたが、最後まで不愉快《ふゆかい》に尽《つ》きる音だった。もう息子なんて、そもそも夫なんていらない。

――こんな惨《みじ》めな人生なんて、もうこりごりだ。もし来世があるのなら……幸せになりたい。

暗く染まる視界の端《はし》で、私を慰《なぐさ》めるかのように胸元《むなもと》の短剣がキラリと光った気がした。

「あらっ⁉」

朝日が眩《まぶ》しいと思い、パッと目を開けたら不思議なことが起きていた。公爵家であてがわれていたボロくきしんだベッドとは違《ちが》い――寝心地《ねごこち》のよいベッドの感触《かんしょく》が肌《はだ》に伝わる。それに加えて、間違いなく私の胸に短剣を突《つ》き刺《さ》したはずなのに、どこも痛くない。

「ど、どういうことなのかしら……？」

「あっ！　お嬢様《じょうさま》、もうお目覚めなのですね」

「えっ」

扉《とびら》からゆっくりと入ってきたのは、幼い頃《ころ》からずっと幼馴染《おさななじみ》のように接してきたペティグリュー伯爵《はくしゃく》家の侍女《じじょ》だ。少しだけ年上で、私の面倒《めんどう》を見てくれていた優《やさ》しい――。

「ミーナ？」

「そうですよ。あら、お嬢様そんな驚《おどろ》いた顔をして、このミーナのことを忘れてしまったのですか？」

「……っ」

ミーナに最後に会ったのは十数年前。その頃よりも、ずっと若々しい姿をしている。あまりの懐《なつ》かしさに涙《なみだ》がにじんできた。

「おっ、お嬢様!?　何か失言してしまいましたか？」

「ううん、全然よ……ただ嬉《うれ》しくて」

「……？」

ふわふわな金髪《きんぱつ》をおさげにしているミーナ。公爵家に嫁ぐことが決まってからも、一緒《いっしょ》に付いていくと言ってくれた彼女は、突然《とつぜん》の病で倒《たお》れ帰らぬ人になってしまった。

「うーん、変な感じですが……あっ！　それよりも早く支度《したく》を！　朝食に間に合いませんよ」

「もう、天国にいるときくらい……そんな慌《あわ》てなくても」

「何をおっしゃってるんですか！　ほら」

ミーナが私の背をぐいぐいと押して、ドレッサーの前へ着席させる。そこに映っていたのは、紛れもなく――。

「あらあら、若い私ね！」

「もうっ！　まだ寝ぼけてるんですか！」

「ちょっとミーナっ、冷たいってば。ふふっ……ん？　冷たい？」

ミーナが水を含《ふく》んだタオルで、私の顔を拭《ぬぐ》ってきた。そこまでは良かったのだが、感覚がちゃんと伝わってきたのだ。天国にしては、だいぶ現実味がある。

「えっ？　イタッ」

「……お嬢様、いったい何の遊びですか」

ためしに自分の頬《ほお》を勢いよくつねれば、とても痛くて……そんな私をミーナが呆《あき》れた顔をして見ている。夢でも天国にいるのでもなければ、これは。

「ミーナっ！　今っていつ⁉」

「ええ？　お嬢様本当にどうしちゃったんですか？　今は帝国暦《ていこくれき》八八六年ですよ」

「……へ」

戦争が終わり夫と結婚《けっこん》したのは八八八年だった。それから十数年あの苦しみに耐え続けた。しかし聞こえてきたのは、死んだ時どころか結婚するよりもさらに前の年。それが意味することは……まさかと思い、無意識に手が震《ふる》え始める。

「わ、わたし、十八歳よね？」

「そうですよ！　当たり前のことを聞くなんてどうしたんですか？」

「い、いったい」

どうなってるの――と続けようとしてハッとする。勢いよく立ち上がり、驚くミーナを置いて自室から廊下《ろうか》へと飛び出す。「お嬢様っ⁉」と焦《あせ》った様子で呼びかけるミーナの声が聞こえたが、無我夢中だった。食堂へと走っていけばそこには――。

「あら？　ナタリー、慌ててどうしたの？」

「本当だな、嫌《いや》な夢でも見たのかい？　今夜は父さんが子守唄《こもりうた》でも」

「あなた……歌が下手なのに子守唄って……」

「す、すまない……そんな残念そうな目……や、やめてくれ……」

大好きなお母様とお父様が……元気な姿で「おはよう」と声をかけてくれる。

「……」

「おや？　ナタリー、気分でも悪いのかい？」

「お父様の冗談《じょうだん》が嫌だったかしら？　大丈夫《だいじょうぶ》？　ナタリー」

ずっと焦《こ》がれていた光景が、姿がそこにあった。もう二度と会えないと思っていたのに。

「……ううん、おはようございます。お父様、お母様」

私と同じ銀色の髪に、アメジストのような薄紫《うすむらさき》の瞳。ペティグリュー家の特徴《とくちょう》で、大好きな色だ。優しい二人は……私が嫁《とつ》ぐ一年前の戦争で亡くなった。

(もし、本当に過去に時がまき戻《もど》ったのなら……お父様とお母様を救ってみせる)

夢見心地だった自分の頭が、冴《さ》え渡《わた》っていくのがわかる。たしかに歩くことができる屋《や》敷《しき》の床は……地に足の着く現実で。

(神の奇跡《きせき》なのか知らないけど、感謝するわ！)

久しぶりに見るお父様とお母様の顔をしっかり目に焼き付けながら——ナタリーは、後ろから追いついたミーナに引きずられるように……朝の支度に戻っていくのであった。

第一章　決意と出会い

　ナタリーの悪夢は、自国・フリックシュタインが敵国に攻《せ》め込まれたことから始まった。きっかけは国同士の関係なのだろうが、巻き込まれる方からしたらたまったものではない。

　ペティグリュー家は敵国との国境に近い領地であったため、戦争に向けて準備をするゆとりもなく攻め込まれた。戦火によって病が悪化したお母様が亡《な》くなり、敵を引きつけていたお父様も後を追うように命を散らしてしまった。その当時、ナタリーは病気で臥《ふ》せっていたお母様を元気付けるのに必死で……力及《およ》ばず悲しい結末に至った。

　酷《ひど》くなる一方の戦争に終止符《しゅうしふ》を打ったのは、同盟国・セントシュバルツだった。フリックシュタインの豊富な魔法《まほう》知識を共有する代わりに有事の際は軍事力を提供するという長年の盟約のもと、セントシュバルツが介入《かいにゅう》——つまりは、二対一に持ち込むことによって戦争に勝ったのだ。しかしペティグリュー家にセントシュバルツの援軍《えんぐん》が来た時にはもう……両親は倒れていた。

　同盟国の援軍——騎士《きし》団を率いていたのが、ユリウスだった。漆黒《しっこく》の騎士と呼ばれ、軍事力に優《すぐ》れる同盟国の武力の象徴《しょうちょう》として名高かった彼は、同時にこの戦争の勝利の象徴にもなった。彼は王城を最後まで守ったとされ、騎士団を指揮しながら郊外《こうがい》の地域にも援軍を出していたらしい。そうして、戦争が終わって自国・フリックシュタインの王族が行ったことが、ナタリーの不幸を生んだ。

（漆黒の騎士に、自国の貴族の令嬢を献上《けんじょう》する……王命）

王族は、貴族は、卑怯《ひきょう》だった。同盟国に対して労《いた》わりや報酬《ほうしゅう》を渡さないといけなくなり、両親がいなくなったナタリー……ペティグリュー家に目をつけたのだ。伯爵にしては広大な領地と、ナタリーという一人娘《ひとりむすめ》。それで賄《まかな》おうとしたのだ。王命に抗《あらが》うこともできず、ナタリーは、戦争の褒賞《ほうしょう》に漆黒の騎士へ妻として献上されることになった。

『お初にお目にかかります。ナタリー・ペティグリューと申します』

『……』

『これから、妻としてファングレー公爵家へ忠誠と愛を誓《ちか》います。よろしくお願いしますわ』

『……俺は忙《いそが》しいから、あとは執事《しつじ》を通してくれ』

『えっ、ユ、ユリウ』

『名前を呼ぶことは許可していない。そちらの国の礼儀《れいぎ》はとても図々《ずうずう》しいのだな』

『申し訳ございません……閣下』

　同盟国へ献上、ひいてはファングレー公爵《こうしゃく》家へ嫁いできたナタリーに対して、散々な対応だった。執事から説明という説明もないまま、納屋《なや》のような小さな部屋に押し込まれ、掃除《そうじ》・洗濯《せんたく》・炊事《すいじ》……全《すべ》てを自分でやれと、そう言われたのだった。

（さすがに……冗談よね？）

　ナタリーが、苦笑を浮《う》かべながらも食事をとろうと公爵家の食堂に行けば、そこにはユリウスの母であるファングレー元公爵夫人がいて――。

『あらぁ？　能無しで、男に取り入ることしかできないご令嬢《れいじょう》じゃない』

『……お初にお目に』

『あたくし、発言を許した覚えはありませんことよ。身の程《ほど》をしりなさい』

『も、申し訳ございません』

『能無しに施《ほどこ》すものなどございません。早く自分のお部屋に帰ってくださらない？　見るのも不愉快《ふゆかい》だわ』

　部屋に戻っても、そこにはただボロボロのパンが転がっているだけ。ナタリーの味方は誰《だれ》もいなかった。その日から、義母にいびられ使用人にバカにされる日々が始まった。ユリウスとようやく再会できたのは結婚式の当日で、それも牧師と三人だけの慎《つつ》ましい式を挙げるだけ挙げて忙しい日々にすぐに戻ってしまう。会話どころか会うこともままならない中、時折ユリウスが疲労困憊《ひろうこんぱい》で帰宅した際に共寝《ともね》することがあった。

『……うぅ』

（……大丈夫かしら？）

ユリウスは共に眠《ねむ》るとき、いつも何かにうなされている。時々しか会えないが、態度こそ冷たいけれど彼は理不尽《りふじん》な怒《いか》りをぶつけてくることはなかったから――ペティグリュー家に伝わる「癒《いや》しの魔法」を使って、彼を治してあげたい……そう思った。この頃《ころ》のナタリーはまだ、ユリウスに対して少しの情があった。整った顔や騎士としての思いやりに縋《すが》っていたのかもしれない。義母には、能無しと言われていたが――それでも、微力《びりょく》ながらも癒しの魔法をユリウスにかけていたのだ。

（役に立たないから、公爵家で認められないのだわ……少しでも疲労や傷を癒せれば）

ペティグリュー家は優秀《ゆうしゅう》な魔法使いの多いフリックシュタインでも数少ない癒しの魔法を使える家系だった。ただ、残念なことに家族――血縁《けつえん》者には全く効果がないのだが。

『……』

『……ふぅ』

魔法を使用したあとは、少しばかりユリウスの表情が和《やわ》らいだ。だから、きっとこうして心を込めて対応すれば、うまくいく……だなんて明るく考えていた。しかしナタリーの想像に反して、現実はとても残酷《ざんこく》だった。ある日、夫に呼び出され執務《しつむ》室に向かえば、そこで突《つ》きつけられたのは身に覚えのない書類の束と冷たい声だった。

『ついに、家の資金にまで手をつけたのか』

『……え？』

『とぼけるな、宝石やアクセサリーを買い漁《あさ》ったのだろう。執事や使用人たちから報告が上がっている』

『わ、わたしは、まったく……』

『この期《ご》に及んで言い訳が通じるとでも？　はぁ、母上。申し訳ございませんが、これからは金庫の管理を』

　まさに針のむしろ状態だった。決してナタリーは、ユリウスの資産に手をつけてはいなかったが、誰もそれを証明するものは現れない。やつれたナタリーの様子に、わざと悲しげに演じるユリウスの母が『まったく……女主人がしっかりしないといけないのに……。あたくしが今後しっかりしますからね』と堂々と言う。ひと目見れば宝石をつけておらず、化粧《けしょう》すらしていないナタリーを疑うなんてあるはずもなかったのに。しかし、この事件以降もたびたび資金がなくなる騒動《そうどう》が起き、そのたびにナタリーへ疑いが向くことになった。

　そうして月日が流れ二年が経《た》った頃《ころ》、ナタリーは公爵家付きの医者と使用人の一人に見守られながら一人の男の子を産んだ。

『おめでとうございます、奥様。元気な男の子ですぞ！』

『ありがとう。この子が……』

出産は苦痛、大変さを極《きわ》めた。尋常《じんじょう》じゃない汗《あせ》と痛みは、何度も医者に「殺してください」とつい口に出してしまう程だった。けれど、しわくちゃながらも立派な産声《うぶごえ》をあげる我が子の姿を見るとほっとして涙《なみだ》が止まらなくなった。

ユリウスとは懐妊《かいにん》してから結局一度として会うことはなかったが、きっと彼も我が子の姿を見に明日にでも訪《おとず》れるだろう。そのまま押し寄せる疲労の波に身を委《ゆだ》ね、ナタリーは瞼《まぶた》を閉じ寝息を立てる。翌日、体力も回復して使用人に我が子のことを聞けば『別室におります』と伝えられた。

（さすがに公爵家の跡取《あとと》りだもの、きっと良くしてくれるわ。ああ、なんて名前を）

そんなふうに、一人我が子の名前を考えてうきうきしていたら、ナタリーの部屋の扉がガチャっと不作法に開けられた。

『ふんっ、ちょっといいかしら？』

『お、お母さ』

『あなたに母と呼ばれる筋合いはありません』

扉《とびら》から入ってきたのは、ファングレー元公爵夫人だった。そして彼女の腕《うで》の中には、我が子の姿があり、ナタリーは目を瞠《みは》る。

『その、腕の中の子は……』

『ええ、やっと義務を果たしてくれましたので、あたくしがこの子を立派に育てますわ。だから、お前はこの子に近づかないように』

『そ、そんな……！』

産後の身体《からだ》ではまともに抵抗《ていこう》することもできず……そのまま我が子とは離《はな》れ離《ばな》れになった。ここから、ナタリーの精神はますます摩耗《まもう》していった。


そんなナタリーを心配してくれるのは、いつも診療《しんりょう》に来てくれるお医者様だけだった。

『のう。奥様、旦那《だんな》様に相談されては……』

『ごほっごほっ、お医者様。いいの。もうどうにも……』

『老いぼれは、薬を処方することしかできず……きっとこのお部屋にいることが、病を長引かせておりますから。たまには散歩してみてはいかがですかのぅ』

ナタリーは出産後の肥立ちが悪かった。体調が回復せず、薬を飲んでも治らない咳《せき》すら患《わずら》ってしまっていた。病に臥《ふ》せっているうちに、あっという間に四年が経っていた。

『そうね……久しぶりに歩こうかしら』

　長年の友にもなりつつあったお医者様の勧《すす》めで、ナタリーは部屋から出ることに決めた。散歩でもすれば、気分が良くなるだろうと。それが悲劇に繋《つな》がるとは知らずに――。


『あ、悪い奴《やつ》だ！』

　ユリウスに似た髪色《かみいろ》に、こちらを睨《にら》む彼よりも薄《うす》い赤の瞳《ひとみ》。敵に対するようにナタリーを睨みつけている男の子と――その後ろには、ファングレー元公爵夫人の姿。

『えっと……』

『ふふふ、やんちゃでございますこと。教えましたでしょう？　アレは、仮にもあなたのお母様なのですよ』

『でも～僕、あんなの……』

　小さなユリウスは、きっとナタリーを悪とする教育を受けているのだろう。勝ち誇《ほこ》った義母の瞳は雄弁《ゆうべん》に語っていた。子どもに罪はないということは重々わかっていた……それでも、自身の子どもから悪意を向けられたことに――ナタリーの中で今までの忍耐《にんたい》の積み重ねが、バラバラと崩《くず》れる音がしたのだ。

『そう……』

　反論も、抵抗心も湧《わ》かなかった。きっとこの頃の自分は、何もかもを諦《あきら》め始めていた。夫に縋ることも、子どもを取り返そうとすることも――無理だと、そう思ってしまった。ナタリーはこの時を最後に自室から出ることをやめた。もはや「笑う」ことすらできず、再起不能になりつつあったナタリーを突き動かしたのは、彼女の両親だった。それは、幾《いく》ばくかの年月が経った……秋も深まった頃――。
ふと、輿入《こしい》れの時に持ってきた鞄《かばん》の隅《すみ》に手紙を見つけたのだ。シンプルながらも、丁寧《ていねい》な宛先《あてさき》の筆跡《ひっせき》に、ミーナからの手紙だとピンときた。公爵《こうしゃく》家に誰《だれ》も連れて来ることを許されず、ミーナはペティグリュー家に残ることになった。けれど輿入れした数年後、病によって倒《たお》れたと連絡《れんらく》がきて――。ナタリーが去った後のペティグリュー家がどうなったかは知らないが、きっと楽しかったあの頃とはもう違《ちが》うのだろう。しかし、ミーナのことを思うと……なにもかもが億劫《おっくう》だった手がその手紙を取る。

『親愛なるお嬢様《じょうさま》へ
鞄の中へ不作法に入れてしまい申し訳ございません。別れの日に、渡《わた》す時間が取れそうもなく、このような手段を強行しましたことお許しください。突然《とつぜん》の戦争にペティグリュー家は巻き込まれ、全《すべ》てが変わってしまいましたね。あの日がなければ、きっと皆様《みなさま》で笑い合える日常があったかと思うと、悔《くや》しくてなりません。そしてお嬢様も、同盟国へ行ってしまい……。しかし、ずっと後ろを向き続けてはいけない。できることをしようと、私は思います。お嬢様が最後に命令してくださった……旦那様と奥様の墓石を作る手配が完《かん》了致《りょういた》しました。お二人の墓石を、私はずっと守っております。だから、もし生活が落ち着きましたら墓参りに来てくださいませ。きっと天国にいる旦那様も奥様も、お嬢様にお会いしたいと思ってらっしゃいます。どうかナタリー様に幸せが訪れますよう。
愛を込めて　ミーナ』

（会いたいわ、お父様、お母様、ミーナ）

ナタリーの頰《ほお》を熱いものがとめどなく、溢《あふ》れるようにつたう。近くにあった窓を見やれば、庭先の風景が見える。秋空に寂《さび》しく咲《さ》くコスモスがあって――そういえば、お母様はコスモスが好きだったと――懐《なつ》かしさを覚える。手紙をぎゅっと握《にぎ》り、ナタリーは決心した。ユリウスに離縁《りえん》を申し込もうと、どうせ愛などなく……こちらを悪者にする公爵家にとってナタリーなど要《い》らない存在なのだから。

（身分なんていらない。あの故郷に帰りたい。そこで死のうが関係ない、大切な人たちが待つあそこへ）

そう思えば、ナタリーの行動は早かった。納屋《なや》のような部屋の扉を開けて、ずんずんとしっかりと踏《ふ》み出す。目指すのは、もうほとんど顔も合わせないあの男のもと――。

十数年も住めば、覚えたくなくても屋敷《やしき》の間取りはわかるようになった。屋敷が騒々《そうぞう》しかったから今日はユリウスが帰宅していると確信していた。だから彼がいるであろう執務《しつむ》室へと向かう。ノックをせずにバンと勢いよく扉を開いた。礼儀《れいぎ》などもう、どうでも良いと思ったからだ。むしろそれを理由にさっさと離縁してくれるのであれば、儲《もう》け物だと思うくらい。

『……無礼だな、なんだ』

『……』

室内には二人の存在。一人は目当ての公爵でもう一人は、きちっとした礼服を着込んだジュニアだ。ジュニアは、会うことがなかった数年の間にずいぶんとユリウスの美貌《びぼう》に似てきていた。

『その……っ！』

『はぁ、まあちょうどいい。お前のことについて苦情がきている。改めるように今から伝えよう』

『私の話を！』

ユリウスの口から出たのは、ナタリーの行動を制限する言葉だった。栄養失調ぎみだったナタリーの声を遮《さえぎ》るように、今後屋敷で暮らすためのルールを告げられる。部屋から決して出ないこと、子どもの教育に文句を言わないこと、公爵家の資産に手をつけないこと――もうどれもナタリーにとって目新しくないことばかりだ。しかし、そんなことはどうでもよかった。自分の言いたいことを言おうと、声で遮られないようにユリウスの言葉が終わるまで待ったのだ。そして待ちに待ったその瞬間《しゅんかん》――。

『ほら、今後の生活に関する予定表だ。お前の意思など考慮《こうりょ》に値《あたい》しない。口答えは決してするな』

窘《たしな》めるようなその視線に、ナタリーの中でプツンと何かが切れる音がした。私の意思は見ない――それは、離縁をしてくれない……どころかナタリーを縛《しば》り付け、両親、ミーナのところへ行くことなんて……夢のまた夢になる。もう我慢《がまん》がならなかった。

『……死んだほうがましですわ』

だからそう言って、短剣《たんけん》で自分の胸を一思いに……刺《さ》した。そして、気がつけば過去に時が戻《もど》って――懐かしい自分の部屋で目が覚めたのだ。


(あれほど切望していた――お父様とお母様の笑顔《えがお》がこんなに近くにあるなんて)

朝食を食べるナタリーの側《そば》には……微笑《ほほえ》む両親とミーナがいる。本当に夢みたいな瞬間だと思った。しかし、先ほど感じた頬の痛みや一口ずつ嚙《か》み締《し》めて食べる食事が、ナタリーが確かに〝生きている〟という実感を与《あた》えてくれる。談笑《だんしょう》しながら食事ができる大切な時間、この時間をもう無くさないように、自分で守りたい——なにより、もうあの地獄《じごく》のような日々は勘弁《かんべん》なのだ。

（だからこそ、お母様の不調と戦争をどうにかしなければ——いけないわね！）

朝食を終えて、自室に戻れば……早速《さっそく》、自分が何をするべきかを考える。ずっと願っていた故郷にいるためか、より前向きになれている気がした。

（戦争の褒賞《ほうしょう》として嫁《とつ》いだあとも、一応この領地は私の所有だったわね）

王族もナタリーに対して可哀想《かわいそう》と思い、そうしてくれたのだろうか。いや……それはない。きっと自国の領地だから、ナタリーが死んだ時にでも適当に言って再び回収する算段だったのだろう。そんなふうに思うのは、戦争後の王家が腐敗《ふはい》してしまった……というより、戦争が始まるあたりから王家は、おかしくなっていったように感じているからだ。

お母様の不調を解消したら、過去に……今となっては未来に参加する王家主催《しゅさい》の舞踏会《ぶとうかい》に行かねば——。

ノックをすれば、お母様が「あら？　誰かしら」と返事をする。早速、お母様の体調を確認《かくにん》しにきたのだ。

「ナタリーです。お母様、入ってもよろしいでしょうか？」

「まぁまぁ！　ナタリーね。ええ、入ってちょうだい」

木製のしっかりしたドアを開ければ、シックな調度品に囲まれたお母様の部屋が見える。そしてその中央にあるベッドに、お母様は横になっていた。声は元気そうだったのに、顔色が少し悪い。ベッド近くの椅子《いす》へとナタリーは腰掛《こしか》けた。

「お母様、お身体《からだ》は大丈夫《だいじょうぶ》ですか？」

「あら、心配してきてくれたの？　ふふ、大丈夫よ。きっと季節の変わり目で、風邪《かぜ》をひいてしまったんだわ」

「それでもっ。私はお母様のお身体が心配です」

悩《なや》ましげな視線を送ったことがわかったのだろうか、お母様が起き上がってナタリーの頭を撫《な》でてくれる。撫でる時にチラリと見えた腕《うで》には、不気味な黒い斑点《はんてん》が浮《う》かんでいた。

（やっぱり……刻点病《こくてんびょう》にかかっているんだわ）

刻点病は、魔力《まりょく》の流れが悪くなるのが原因で肌《はだ》に斑点が現れる。症状が重くなると血液の流れすらも止まってしまう病だ――しかし戦争が始まる前の今は、まだあまり認知されていない。

「ほら、可愛《かわい》いナタリー。明るい笑顔を見せてほしいわ……あなたには笑顔が似合うもの」

「そう、ですか？」

「ええ。あら、もう……無理をさせてしまったわね。私ったらだめね」

「そ、そんな」

笑うために頬を動かしたはずなのに、私の顔を見たお母様は――ひどく悲しそうで。そのままぎゅっと抱《だ》きしめてくれた。

「いいこ、いいこ。ナタリーはよく頑張《がんば》っておりますよ。何か悩みがあるのなら……いつでも言ってね」

「……っ」

「よく考えたら、こうしてしっかりと話すのは久しぶりに感じるわね」

「……ぅ、ひっく」

「ふふ、好きなだけ、ね。人はゆっくり、立ち止まることも大切だから」

お母様の温《ぬく》もりにふれて、今まで堰《せ》き止めていた感情が決壊《けっかい》した。それでも、何かが少しずつ変わったような――失っていたものを取り戻したように感じた。

「お母様。その、みっともない姿を……」

「いいえ、ナタリー。そんなことないわ。お父様でも私でも、抱《かか》えきれなくなったらいつでも来ていいのよ」

「……ありがとうございます」

お母様は、私の目の下あたりを布で優《やさ》しく拭《ぬぐ》ってくれる。

（この病を、絶対にどうにかしなければ）

大好きなお母様を二度と失わぬように――ナタリーは、部屋から出てミーナに外出する手配を頼《たの》む。「あら、急ですね」と少し驚《おどろ》いた表情をしていたが、すぐに馬車を用意してくれた。

（刻点病は確かにまだあまり知られていないけど……今の私はその詳細《しょうさい》を知っている）

馬車に乗って、目的の場所を伝える。ペティグリュー領から少し離《はな》れた先にある、隣国《りんごく》との国境へ向かって馬車は走り始めた。


故郷とは違《ちが》った懐《なつ》かしい匂《にお》いを感じながら、馬車から降り一軒《いっけん》の平家の前に立つ。ドアノッカーを数度叩《たた》けば「どうぞ」という声。それに伴《ともな》い開いたその先は、薬草や消毒液の匂いがして。

「ほっほっ、珍《めずら》しい元気な患者《かんじゃ》さんじゃのう？」

「ご機嫌麗《きげんうるわ》しゅう、お医者様」

彼こそが、お母様を治すための希望の光であり――時が戻る前、私を支えてくれた友人だった。公爵家《こうしゃくけ》で見た時よりも、目の前のお医者様は少し若く見え、白髪《しらが》まじりの金髪《きんぱつ》、そして人のよさそうな目尻《めじり》には皺《しわ》が刻まれている。そんな彼に招かれるまま平家の中にゆっくりと足を踏《ふ》み入れた。

「ふむ。わしの知り合いでも、紹介《しょうかい》でもなさそうじゃが……」

「ええ、お初にお目にかかります。ナタリー・ペティグリューと申します」

「おや、ペティグリュー家、貴族の方とは……」

この時代でお医者様と出会うのは、〝はじめまして〟になる。当たり前の事実に、少し寂《さび》しさを感じながらも、未来と変わっていない彼の雰囲気《ふんいき》に懐かしさを覚える。公爵家専属の医者でありながら、住まいは敵国と同盟国とペティグリュー領の境界、国同士の牽制《けんせい》によって中立が成り立つ僻地《へきち》に置き、不自由な人々の診療《しんりょう》を行っているのだ。彼自身、元はセントシュバルツの貴族らしいが、今は身分を捨ててこうして医者をしていると、公爵家にいたナタリーを問診《もんしん》する際に話してくれた。

「……身分など、お気になさらないで下さいませ。気軽にナタリーと」

「ほっほっほ。ここまで、わしに気を遣《つか》って下さるとは。何か口止めでもされそうじゃのう。これは冗談《じょうだん》じゃがね、ほっほっ」

「ふふ、決して口止めなんて意図はございませんわ」

「そうか。ではお言葉に甘えて……ナタリー嬢《じょう》は、どんな目的でここへ？」

話し口調は柔《やわ》らかいが、視線には鋭《するど》さがあった。そこに含《ふく》まれるのは、疑問と見定め。

ナタリーは軽く握《にぎ》り拳《こぶし》をつくり、意を決して口を開く。

「……涙露草《なみだつゆくさ》を求めていらっしゃると伺《うかが》いました」

「ほう……？」

「その草を支援致《しえんいた》しますので、それでお作りになった薬を頂けませんでしょうか」

お医者様の視線が先ほどよりも鋭くなった。それもそうだろう、未来で聞いた話をもとに提案したのだから。公爵家に嫁いでから数年後、彼が涙露草を用いて、刻点病を治療する薬を作った。マイナーな薬草のため、流通があまりなく入手が困難で完成が遅《おく》れてしまったとお医者様から聞いた時、歯がゆい思いをしたことをずっと覚えている。もっと早ければ、お母様を救えたかもしれないだなんて――。しかもその涙露草は、ペティグリュー家が所有する山に群生しているのだ。幼い頃《ころ》、両親と山の麓《ふもと》の景色を見に行った際、ナタリーが迷い込んだ小さな花園……そこに咲いていた白い花がそれだった。

（こんなに身近にあったもので、お母様が救えたことに……いいえ、あの時はもう仕方なかったのだわ）

ナタリーの提案から、一向に口を開かないお医者様に、お腹《なか》が痛んでくる。もし彼が、頷《うなず》いてくれなかったら。優しい彼を知っていたナタリーは、大丈夫だと思って嘘《うそ》や言い訳をせず話してしまった。でもよく考えたら、いきなりすぎたかもしれない。

（……どうしましょう）

ナタリーが暗く、俯《うつむ》きそうになったその瞬間《しゅんかん》。

「ほっほ。そんなに泣きそうな顔をしなさんな。わしが怖《こわ》い顔をしてしもうて、すまんのぅ」

「……いえ、私こそ。戸惑《とまど》わせてしまって」

「そうじゃのぅ。確かに、どうしてわしがその草を欲しがっていることを知っているのか、疑問はあった」

　ナタリーが俯きそうな顔をあげて、お医者様を見れば。そこにはいつもの優しい彼の顔があった。

「でも、ナタリー嬢がわしを陥《おとしい》れるとも思えんからのぅ。……あくまでわしの勘《かん》ってやつじゃがね」

「……」

「きっと、知っている訳を知りたいと言っても、ナタリー嬢を困らせてしまいそうだからのぅ。支援は願ってもないことじゃ、ぜひお願いしたい」

「……っ。お医者様、本当にありがとうございます」

「ほっほっ、美人さんを泣かせてしまうなんて、わしの信条に反するからのぅ」

（……本当によかった）

　一時は暗雲が立ち込めていたが、彼の笑顔《えがお》と返事を聞き、ナタリーはようやくほっと息をつくことができた。

「ああ、そういえば。わしの名を言うておらんかったな、失敬。わしはフランツという。ただのフランツじゃ」

「フランツ様、このご恩は忘れませんわ」

「おや、様なんてこそばゆいのぅ。まだ恩は売っておらんよ。ナタリー嬢のため、薬を作らないといけないのぅ」

お医者様——もといフランツの言葉は、ナタリーの心を確かに明るく照らしてくれる。彼の承諾《しょうだく》をもらったので、草を手配するために動こう。

「聞くまでもないと思うが、ナタリー嬢は刻点病に効く薬がほしい、で合ってるかのぅ」

「はい、そうです。お母様の治療に」

「なるほどのぅ、自分ではなくご家族のためであったか」

実は刻点病は、薬でしか治らない。ペティグリュー家の癒《いや》しの魔法《まほう》が、身内に効かないからというわけでもなく、原因が魔力の詰《つ》まりのため、体内の免疫《めんえき》でしか治らないのが特《とく》徴《ちょう》なのだ。

「フランツ。なにやら、騒《さわ》がしいようですが……」

フランツと今後の話を進めている中。突然《とつぜん》、彼の背後にあるカーテンがシャッと素早《すばや》く開けられた。そして、聞き馴染《なじ》みのない声と共に。

「ほっほっほっ、起きられましたか、エドワード様」

「……ああ、ゆっくり寝《ね》られましたけど、どこかのご老人の笑い声が耳に。おっと、お客様がいらしたのですね。レディ、失礼しました」

「い、いえ」

その男性をしっかりと見たナタリーは目を大きく見開く。なぜなら。

(どうして、第二王子がここにいるの⁉)

肩上《かたうえ》まである、猫《ねこ》の毛のようにふわふわとした燃え上がるような赤い髪《かみ》に、新緑の瞳《ひとみ》を持つ、背の高い美丈夫《びじょうぶ》。フリックシュタインで二番目の王位継承《けいしょう》権をもつ、エドワード・フリックシュタイン王子がそこにいた。

自国で太陽のようと称される輝《かがや》かしい美貌《びぼう》を持つエドワード王子。一方で、同盟国の公爵であるユリウスは月のような静けさを持ち、誰《だれ》の手にも入らない高嶺《たかね》の花。社交界では二人の噂《うわさ》で持ち切りと言ってもいいほどだ。そんな栄華《えいが》を極《きわ》めているエドワード王子だが、彼はナタリーの知る未来では名を聞かなくなっていた。

「ごほっ、ああ。レディ、どうやら君は僕のことをよく知っているようですね？」

「国の太陽にご挨拶《あいさつ》を……」

「ああ、そういった堅《かた》い挨拶はしなくていいですよ。そうだね。ここではフランツの友人として気兼《きが》ねなく話してくれますか？」

「はあ。このわしとお前さんがのう？」

「けほっ、もう長い付き合いじゃないですか。ふふ」

（さっきから、エドワード王子は咳《せ》き込んでいらっしゃるけど……）

フリックシュタインの第一王子が病弱ということは、有名だった。そして重い病のため、寝室《しんしつ》から出ることができないということも。加えて第三王子も、まだ五歳になったばかり。だからこそ、今一番王座に近いのは目の前のエドワードということになるはずなのだが。

時が戻る前は、第一王子が戦争の前に病で亡《な》くなり、続けて第二王子も不幸が及《およ》び亡くなったと、国から大々的に発表された。そして、当時の国王も寿命《じゅみょう》が近いため……幼いながらも第三王子が王位を継承するのだ。

「うーむ。しかし全く、少し快癒《かいゆ》したかと思えば。また咳《せき》が出るのかのぅ」

「ええ。ご、ほ……フランツのおかげで、だいぶましにはなりましたが。何が原因なのでしょう」

「その、少しいいですか」

ナタリーが声をあげたことにより、二人の視線がこちらへ向く。エドワード王子の症《しょう》状《じょう》から、思い当たる節があったのだ。変な咳、その症状はナタリーがよく知っている。身をもって味わっていたから。あの時は、薬で治らなかったためナタリー自身の魔法が自分に使えれば良かったのにと後悔《こうかい》していた。だからこそ。

「私が……エドワード様のお身体《からだ》を診《み》てもよろしいでしょうか」

「君が……？」

室内の温度がヒヤリと下がった気がする。どこからか見られているような、二人以外の視線も感じた気がしてナタリーはぞっとする。でしゃばり過ぎたかもしれない……もちろん、お節介《せっかい》で言葉をかけた。しかしそれだけでなく、第二王子が亡くなった理由もわからないのに、このまま放置すれば、あの時と同じことにならないだろうか。そんな不安もあったのだ。

「これこれ、〝友人として〟とさっき言ったじゃろう、そんな怖い顔をするでない」

「ああ。ご、ほっ、失敬。怖がらせるつもりはなかったのですが、周りをやすやすと信じられる環境《かんきょう》でもなくてね」

「まあのぅ。そんな不便なところにおるから、こんな遠くまでわざわざ医者を見つけに来たわけじゃからのう？」

「フランツ、それは秘密の話ですよ」

「ほっほ。そうじゃったか、もう歳《とし》でのう。すまんかったな。でものぅ、癒しの魔法が使えるペティグリュー家のお嬢《じょう》さんがいるなら、いい案じゃと思っての」

「君が、ペティグリューの……」

先ほどよりは、幾分《いくぶん》か鋭《するど》さが減った視線になった。しかし、依然《いぜん》としてナタリーに対する不信感がなくなったわけでもなさそうだ。

「私の魔法に不安を感じられるのはもっともです……ですから、無理にとは言いません」

「……」

「なにより、私の魔法を使ったからといって治る保証もございませんので……」

「ごほっ、いや。正直、体調の悪さには辟易《へきえき》していたんです。レディ、失礼ながら、お願いしてもいいでしょうか」

「っ！　はい」

王族に対する軽率《けいそつ》な発言で、捕まるかもしれないと思っていたが、どうやら、その心配はなさそうだ。エドワードはカーテンの先にある医療《いりょう》用の白いベッドの上に座り、「ここで、僕は仰向《あおむ》けに寝るのでしょうか。それとも座ったままでも？」と問うてくる。

「あ、仰向けで、お願いします」

「……わかりました」

「わしも側《そば》で見ておるから、そんな怯《おび》えた表情をせずとも……」

「怯えてなどおりません！　レディ、よろしくお願いします」

ナタリーの隣《となり》で、フランツが「ほっほ」と楽しげに笑う。そんな中ナタリーは自分の手に集中し、癒しの魔法を発動させながら、エドワードの頭部から足先にかけて手をかざしていく。悪いものを取り除くように、ゆっくりと。そうしていくうちに、ピタリッとナタリーの手が止まった。止まった場所は、エドワードのお腹《なか》――胃の場所だった。癒しの魔法を重点的にかけていく。この処置が必要な病には覚えがある。それは、ペティグリュー家でも毒見係が倒《たお》れた時の――。

（エドワード王子は毒におかされていたのだわ！）

「終わりました」

数十分ほどの魔法による処置をし、エドワードの様子を窺《うかが》う。

「……喉《のど》の不快感、いや全体的な怠《だる》さが消えた――」

自分の体調を今一度確認《かくにん》したエドワードが、ぱっと身を起こして身体《からだ》を動かし始める。ずっとしていた咳も止まり、フランツも自分のことのように、「本当か……！　よかった！　よかったのう」と嬉《うれ》しがっていた。

「レディ、先ほどは疑ってしまって……本当に申し訳ございません」

「いえ、そんな」

「ほんとうじゃ！」

フランツに対して、冷たい視線を送り――エドワードはそのままナタリーの目の前で跪《ひざまず》く。その姿は、絵本に登場する王子様そのもので。

「家名だけでなくお名前を伺《うかが》ってもよろしいでしょうか」

「えっと、ナタリーと申します。その、エドワード様お立ちになってくださいませ」

「ふふ、お優《やさ》しい方なのですね。ナタリー嬢……ナタリーと呼んでも？」

「え、ええ。構いませんが」

あまりの積極的な態度にナタリーはたじたじになる。しかしそんなナタリーに畳《たた》みかけるように……立ち上がったエドワードは、ゆっくりと近づいた。

「ナタリー、少し失礼しますね」

「えっ？」

「王家のペンダントをあなたに」

ナタリーよりも背の高い彼は、首に手を回し、カチリと何かをつける。首元に金属のヒヤリとした冷たさを感じた。

「あの、これは……」

「あなたに持っていてほしくて。あわよくば、ずっとつけてほしいと、そう思っていますよ」

「その、エドワード殿下《でんか》の物を頂くなんて、恐《おそ》れ多く」

「〝殿下〟は不要ですよ。ナタリー」

いつも癒《いや》しの魔法《まほう》を使っていたナタリーは、そんな大したことはしていないと思っていたのだ。しかしエドワードの方はまるで、長年の重石《おもし》がとれたかのように晴れやかな表情だ。

「ここ数年、ずっと不調で身体を動かすにも苦労していた自分がウソみたいだ。本当に感謝します」

「そ、それはよかったです」

「ええ、ナタリーのおかげですね。そういえば、しきりに僕のお腹の上に手を置いていましたが……もしかして何か意味がありましたか？」

「……その、エドワード様、常に食べているものなどはございますか」

「食べているもの。まあ、いくつかありますが」

「どれがそれなのかは、わかりませんが。エドワード様の症状は毒によるものです」

「……ほう？」

今日一日で見たこともないほど――凶悪《きょうあく》な視線になった。それほどまでに、エドワードの目は人を殺《あや》められそうなほど鋭くなったのだ。

「……どうやら、躾《しつけ》が必要な者がいるようだ。例えば宰相《さいしょう》とかね……ふふ、ナタリー、僕は用事ができたのでこれにて失礼しますね」

「は、はい。お気をつけて」

「ええ……影《かげ》よ」

エドワードの「影」という言葉に反応したのか、今まで見えていなかった場所から屈《くっ》強《きょう》な騎士《きし》が三名ほど現れる。魔法で身を隠《かく》していたのだろうか――彼らは、エドワードの護衛なのかもしれない。

「……ナタリー、また会いましょう」

　エドワードは去り際《ぎわ》、ナタリーの耳元で楽しげに言葉を囁《ささや》く。そして騎士たちと共に、颯爽《さっそう》と平家を去って行った。――首にある金属を返しそびれてしまったと、そこではっと気づく。

（も、もしかして、私……やらかしちゃったかしら）

　確かエドワード王子は、ユリウスと同じくナタリーより四つ年上だったはずだ。しかし去り際に見た、彼の表情は無邪気《むじゃき》で……少年のようにも見えた。

「本当に、騒《さわ》がしい子ども……じゃろう？」

「い、いいえ」

「しかもわしにも言わずに、あんな大層な騎士が護衛におったなんてのう。まったく困った奴《やつ》じゃ」

　あんなに守りが堅《かた》くても、私が知っている未来では――彼は亡《な》くなってしまっていた。身体の病気、毒には護衛の騎士も太刀《たち》打ちできなかったのだろう。そしてあの変な咳《せき》の原因が、毒ということは。公爵《こうしゃく》家にいたナタリーも「毒」をどこかで摂取《せっしゅ》して――？　そんな恐ろしい想像に、首元にあった飾《かざ》りを触《さわ》って不安を紛《まぎ》らわせる。そういえば、ペンダントと言っていたがいったい――？　ナタリーは確認をしようと首元についているソレを外した。ひし形の金色の金属。中央に意匠《いしょう》を凝《こ》らした獅子《しし》の絵柄《えがら》が彫《ほ》り込まれたそれは、間《ま》違《ちが》いなく王族の証明たるペンダントだった。

「ほうほう。そんなものを、ナタリー嬢《じょう》にのぅ」

「フランツ様、ど、どうしましょう」

「いや〜わしには、どうにもできんが。まあ……そんなけったいなものを寄越《よこ》すほど……あやつにとっては、嬉しかったんだろうよ」

「そ、そうですか」

「わしには、ナタリー嬢を逃《に》がすまいとする首輪に見え——おっと、なんじゃろうのう。こう、友好の証《あかし》じゃろうか？」

「フランツ様、今なんと」

フランツは「ほっほ」と笑ってごまかそうとしているが、完全に不穏《ふおん》な言葉が耳に入ってきている。いったいこのペンダントにどんな意味があるのか。参加予定である王家主催《しゅさい》の舞踏《ぶとう》会で返せば大丈夫《だいじょうぶ》とひとまずの見通しをつけ、ペンダントは腕《うで》に掛《か》けていたポーチに入れて保管することにした。

「遅《おそ》くなったが。エドワード様を助けてくれて感謝するぞ。わしも手を尽《つ》くしておったんじゃが……もうどうしようもないところまで、来ていてのう」

「そこまで酷く……。本当に、治療《ちりょう》できて、お役に立ててよかったですわ」

「うむうむ。まあ一見は、あやつが体調が悪いなんて気づかんじゃろうがのう。やせ我慢《がまん》で、どこまでも動くからに」

彼の表情は、エドワードのことを気遣《きづか》う家族のそれで。ナタリーのこともそうだが、フランツは弱っている人を放《ほう》ってはおけない質《たち》なのだろう。きっとそれが医者の本分なのかもしれないが。

「長い話をしてしもうたのぅ。歳《とし》をとるとこれだから。すまないのう」

「いいえ。フランツ様がエドワード様を思う気持ち、素敵《すてき》だと思いますわ」

「ほっ、そう言われると、照れてしまうわい。ああ、そうじゃ。涙露草《なみだつゆくさ》が届き次第《しだい》、薬を作るからのう」

「っ！　ありがとうございます」

「いいんじゃ、やっと一人、患者《かんじゃ》がよくなったからのう。ちょうど時間も空いたわい」

ナタリーはフランツにお礼を述べ、帰宅の準備をする。肩《かた》の荷が下りたのか、フランツも明るい笑顔《えがお》で玄関《げんかん》まで送ってくれた。

（よかった……！　これできっとお母様は大丈夫だわ……！）

お母様の病に対する解決の糸口が見え、ナタリーはようやく安心感を覚えるのであった。

それはフランツの診療所《しんりょうじょ》から屋敷《やしき》へと帰る途中《とちゅう》での出来事だった。ガコンッと、突然《とつぜん》馬車が止まる。御者《ぎょしゃ》と話せる小窓を少し開け、「どうかしたの」と聞けば。

「お嬢様っ。どうやら、盗賊《とうぞく》に囲まれたようです……」

「……そんな」

(ここに盗賊がいるなんて初耳だわ……もしかして本来の運命とは違う行動をしたから？)

気づけば夕闇《ゆうやみ》の時刻になり、辺りはうすぼんやりとした暗さに包まれていた。ペティグリュー家までは、まだ少し遠く……窓の外を覗くと、松明《たいまつ》の火がぽつぽつと見えてくる。

「へっ、今日はツイてるぜ！　こんなお貴族様の馬車がノロノロと現れたからなあ！」

「カシラァ！　どうやら、この馬車の中にはお貴族様の女がいるようですぜぇ」

「そいつはいい！　貴族の女は奴隷《どれい》オークションで高く売れるからなあ！」

「へへ、上玉だったらオイラたちにも、味見させてくれねえですかい」

おぞましい会話が聞こえる。ナタリーはどうすればこの危機から脱出《だっしゅつ》できるかを考える……が、フランツの所に戻《もど》ろうにも距離《きょり》が遠すぎるし、もうすでに囲まれてしまっている。

盗賊のリーダーらしき男が、「かかれ！」と周りに命じたのをきっかけに……男たちの雄《お》叫《たけ》びが響《ひび》いてくる。御者は小窓越《ご》しに、「お嬢様っ、どうしましょう」とパニック状態だ。

(――このままではいけない……まだ捕まると確定してないのだから気をしっかりと持たないと！)

近づく盗賊たちに、御者の悲鳴は大きくなるばかり。ナタリーが震《ふる》える手をぎゅっと握《にぎ》るのと、一番早く迫《せま》ってきた盗賊が馬車の窓に手をかけるのはほぼ同時だった。

――パリンッ！

窓ガラスが鈍器《どんき》によって割られて、その勢いで引かれていたカーテンまでもさらにビリビリと破られてしまう。「……ひっ！」と小さな悲鳴をあげながら、ナタリーが顔をこわばらせて外を凝視《ぎょうし》すれば、下品な笑いを浮《う》かべる盗賊と目が合った。

「うひょ～かわい子ちゃんはっけ～ん」

盗賊は獲物《えもの》をすぐにでも手にかけたいのか、馬車の扉《とびら》に強く鈍器を打ち付け始める。鈍《にぶ》く重い音が徐々に大きくなっていく。このままでは打ち破られてしまうのも時間の問題だ。

（いえ！　まだ諦《あきら》めてはダメよ……！　扉を素早く開いて私が逃げれば、盗賊たちはこっちに向かってくるはず。その間に御者が屋敷まで戻ってくれれば）

少しだけでも隙《すき》が作れるかもしれない。このまま待っていたって、絶望に変わりないのなら――やれることは全部やらないと、誰かを守ることなんてきっとできない。

ナタリーは恐怖《きょうふ》に震《ふる》える自分に活を入れて、ぎゅっと手を握《にぎ》りしめる。そして馬車の扉に手をかけ、盗賊が再び鈍器を扉に叩きつける前に思いきり力を入れて開け放った。

扉の前にいた盗賊は、まさか開くとは思っていなかったようで扉に顔面を強打する。その隙をついて飛び出そうとして、ナタリーは扉の前に変わらず立つ盗賊の姿に気がついた。

「ってぇな……可愛《かわい》いからって油断してたのによぉ。とんだじゃじゃ馬じゃねえか……まあ、それなら手荒な真似《まね》もしかたねえよなぁ？」

「……っ！　どいてください！」

必死に声を上げるナタリーになど構わず、盗賊はにやりと笑って馬車の扉に手をかけた。

(私は……なんて、無力なの)

甘い考えだが、自分が囮《おとり》になれば少しでも隙を作れると思っていた。しかし、実際は盗賊に少しの怪我《けが》をさせただけ。今にも馬車に乗り込みそうな盗賊を前に、身を守るようにかがむのが精いっぱいだ。そんな自分が情けなくて、きゅっと唇を噛《か》んだ——その瞬間《しゅんかん》。

——ヒュンッ。

何かが風を切る大きな音と共に、馬車の扉に手をかけていた盗賊が吹《ふ》き飛んでいく。時が止まったかのように、ナタリーの動きは止まってしまった。

「……危ないから、開けるな」

ナタリーの前にある扉が、再び閉まるのと同時に——聞きなれた低い声が耳に入る。夕闇よりも暗い漆黒《しっこく》を纏《まと》う、その姿を目に焼き付ける。ルビーがはめ込まれたかのような赤い瞳《ひとみ》が、獲物に向き、黒毛の大きな馬と共に走り出す。

「……っ」

そこにいたのは紛れもない——漆黒の騎士《きし》ユリウス・ファングレーであった。その姿を

はっきりと視認《しにん》すると同時に、手の震えが止まらなくなる。

(……まさか、こんなところで)

「大丈夫、大丈夫だから……きっと大丈夫」

念仏でも唱えるかのように、自分を落ち着かせるために言葉を吐《は》く。この不安は、一度死んだことで考えないようにしていた存在が目の前に現れたためなのだろうか。外では鋭《するど》い斬撃《ざんげき》と盗賊たちの怒鳴《どな》り声、そしてユリウスの加勢に来たのであろう知らない男性たちの声が響いている中、ナタリーの頭は混乱でいっぱいになるのだった。

どれくらいの時間が経《た》ったのだろうか。コツコツと蹄を鳴らす音が、馬車の窓付近に近づいてくる。

「……盗賊はみな捕縛《ほばく》した。ご令嬢、大丈夫か」

ナタリーが馬車の中でじっと待っているうちに、喧騒《けんそう》は静まっていた。声がした方に顔を向ければ、そこには忘れもしない冷徹《れいてつ》な顔があった。自分のよく知る顔より幾分《いくぶん》か若く感じるが――美貌《びぼう》のせいなのか赤い瞳の威圧感《いあつかん》は変わらなかった。

「え、ええ。だ、だいじょうぶ、です、わ」

震える手をどうにか動かして馬車の扉を開けるが、言葉を発しようにも、口がおぼつかない。手の震えもどんどん酷くなる。以前ユリウスに啖呵《たんか》を切った時の気持ちは、どこかに忘れてしまったみたいだ。大丈夫《だいじょうぶ》、目の前のユリウスはまだ自分とは会っていない別人だ。大丈夫だからと、頭に指令を送る。それなのに、赤い瞳としっかりと目が合ってしまうとどうしようもなかった。

「その……ああ、ありがとう、ございま、す。お、お礼など……」

「いや……別に」

酷《ひど》くなる喋《しゃべ》りに、震える手。いよいよ、嫌《いや》な思い出が頭に再生されそうな時。

「え？」

バサッと音が鳴ったかと思うと……目の前が真っ黒になり、ナタリーは自身の身体《からだ》に重みを感じる。頭から包み込んでくるこれはいったい——と見てみれば、大きな黒い外套《がいとう》が頭から身体を覆《おお》うようにかけられていて、手の震えよりも、驚《おどろ》きがまさった。

「どうやら、ご令嬢《れいじょう》は騒動《そうどう》に驚いているらしい。おい、そこの団員五名。ご令嬢をしっかりと屋敷まで送ってさしあげろ」

「え！　その団員ってもしかして、副団長である俺も含《ふく》まれていたり～？」

「当たり前だ、これは命令だからな」

「横暴だな～ユリウス、そんなこと言うとモテな……あ～はいはい！　行きますってば」

窓の外からはユリウスとは別の——軽快な声が響いてくる。そして身体を包み込む衣服から、ユリウスが黒いマントのような外套を着ていたことを思い出す。それを脱《ぬ》いで、馬車から身を乗り出していたナタリーにかけたのだろう。そうした事態を冷静に考えるほどには、ナタリーは落ち着きを取り戻していた。ユリウスの外套に注目するおかげで、ユリウスの瞳に恐怖を感じずに済むという……皮肉だが、安心感をナタリーは持ったのだ。しかし、それと同時に「どうしてそんなことをするのか」という疑問が湧いて戸惑う。そんなナタリーの混乱に、ユリウスは気づいていないようだ。

「窓の外はあまり見ない方がいい。騎士団の者を数名、伴《とも》につけよう。お帰りは、気を付けて」

「は、はい？」

ナタリーの疑問の声は届いていないのか、コツコツと馬を歩かせて「おい」と御者に声をかける。

「これからこの道を使うときは、気をつけろ。ここ最近ならず者が出現することで有名だからな。わかったたな？」

「かしこまりましたぁぁ！」

ユリウスに怯《おび》えているのか、御者は慌《あわ》てながら答えている。そして仕事を始める合図のためか、馬車内を隔《へだ》てる小窓を少し開け、「お嬢様、出発するので扉を閉めてください！」と声をかけてきた。

「え、ええ」

まだ自分の心臓が壊《こわ》れたみたいに、早鐘《はやがね》を打っていながらも――ナタリーが御者《ぎょしゃ》に合図を送れば、御者は張り切って馬に声をかける。馬車が走り出しても相変わらず、外の景色を窓から見ることはできないままで。いつもより多くの馬の嘶《な》き声と共に、視界を黒色が遮《さえぎ》っていた。

「いや～！　あのお堅《かた》いユリウスに春が来たかもしれないなあ」

「副団長……あまり、そう言いますと……」

「え～？　ユリウスがいない今だからこそ、だろう？　それにしても、ユリウスが〝令嬢〟って単語を言えるってことに……俺は感動しちゃったよ～」

「ふ、副団長……」

ナタリーを屋敷《やしき》まで送る騎士たちが、楽しげに会話をしているのが聞こえてきた。しかも、副団長と呼ばれた男はユリウスのことを話題にあげ部下に諫《いさ》められているようだ。そんな声をナタリーは耳にしながら、未《いま》だに気持ちの整理が追い付かなかった。それもこれも、ユリウスを見てから混乱が続いている。

（ずっと冷たい態度の閣下が、私を助けるなんて訳が分からないわ。そもそも今の時代の閣下は私を知るはずもないし。となると、騎士団長とまで地位が高いのだから、率先《そっせん》して人助けを行っていたとでもいうの？　……でもそんな周りを気遣《きづか》う人柄《ひとがら》なら、どうして夫《ふう》婦《ふ》だったあの時は――)

そうしてさらに混乱が深まるうちに、馬車がゆっくりと止まり扉《とびら》が開かれる。どうやら屋敷へ到着《とうちゃく》したようだった。

「綺麗《きれい》なご令嬢、お手をどうぞ」

「……へ?」

開いた扉からは、いつもなら執事《しつじ》が手を引いてくれるのだが――ナタリーの視線の先には、見知らぬ騎士が手を差し出している。金髪《きんぱつ》で、たれ目の彼は女性を惑《まど》わすような甘い顔つきをしている。騎士の手をとると同時に先ほどのユリウスの言葉を思い出す。もしかして彼は――。

「麗《うるわ》しいご令嬢――俺は騎士団で副団長をしております。うーん、堅苦しい挨拶《あいさつ》が苦手なもので、気軽にマルクとお呼びくださいね」

「あ! ご挨拶ありがとうございます。私はナタリー・ペティグリューと申します」

目の前のマルクは、ナタリーを見るとわかりやすく相貌《そうぼう》を緩《ゆる》ませ、「いや～! 可憐《かれん》な方に挨拶をしてもらえるなんて、今日の俺はついてますね」と軽口を言う。

「はあ、団長、もったいない。まあ、無事にお送りできて幸いです」

「あ、ありがとうございます」

「いえ、騎士《きし》として当然のことをしたまでですから」

　ウィンクをしてくるマルクからは、茶目《ちゃめ》っ気を感じる。人から好かれやすそうな男性だ。

そんな中、ふと自分の肩《かた》にかかっている外套に気が付き、返さなくてはと手に取ってマルクに話しかけた。

「その、これを――」

「ん？　あぁ、団長の服ですか……！　汚《よご》れてますし、もう捨てちゃってもいいと思いますよ！」

「え？　えっとそれは申し訳ないと言いますか。マルク様から……」

「お、俺!?　いや～それはな～。たぶん団長も、直接返してもらった方がきっと嬉《うれ》しいと思うので……」

「？」

　マルクがいったい何を言わんとしているのか、見当がつかないが……どうやら何か問題があるらしい。そうしたら、どうしようか……と困惑《こんわく》していれば。

「あ！　そろそろ俺らは帰りますね！　遅《おそ》くなると、うるさそうなので……。では、麗しいご令嬢ナタリー様、また会えたら、どうぞよろしくお願いします」

「え、ちょっと！」

　脱兎《だっと》のごとく、ユリウスの騎士団の面々は来た道を戻《もど》るように走り出す。まだ困惑しているナタリーの手元には、ユリウスの外套だけが取り残された。助けてくれた騎士たちをもてなす暇《ひま》もなく、外套を同盟国へ届けようにも、自国の王族から許しを得なければ国を出ることも難しい。

「おじょーうさま――！」

屋敷からは心配するミーナの大きな声が聞こえた。その声を合図に使用人だけでなく、お父様とお母様も迎《むか》えに出てくる。こんな夜遅《よるおそ》くまでいったいどこにと心配の嵐《あらし》に巻き込まれそうになったが、きっと疲《つか》れているだろうからとお母様の一声でなんとか解放してもらえた。慣《な》れない出来事と山積みとなった問題に頭がくらくらしていたから正直ほっとした。

「と、父さんは、まだナタリーの結婚《けっこん》は早いと思っているからな！　いやずっと独身だって父さんは――」

「はいはい、あなた。行きますよ」

そんな二人の会話を背に自室に戻ったナタリーは、寝《ね》る前に、とミーナに涙露草《なみだつゆくさ》の件と汚れた外套をお願いした。王子から受け取ったペンダントは、壊れるといけないので引き出しの中へ仕舞《しま》う。

「わかりました！」

キラキラと目を輝かせるミーナが、質問したくて仕方ない――という欲求を必死に抑《おさ》えていそうなことは分かった。しかし疲れが勝《まさ》り、そのままふかふかのベッドへ吸い込まれるように眠ったのだった。

再び起きたら、実はすべて夢だった――なんてことはなく。死んでから目覚めた日をきちんと更新《こうしん》した。引き出しを見れば、ペンダントは入っているし、ミーナからは「〝誰《だれ》か〟のお洋服、きちんと綺麗にしましたよ！」と強調して報告を受けた。

「そ、そう。ありがとうね」

「ええ！　お嬢様《じょうさま》が急にお出かけしたいだなんて、変だなと思っていましたが。大丈夫《だいじょうぶ》です！　ミーナは応援《おうえん》しておりますからね！」

「あ、あはは」

「旦那《だんな》様に報告したら大変なことになりそうだったので。うまくごまかしておきました！」

ミーナはナタリーの侍女《じじょ》として、とても優秀《ゆうしゅう》である。頼《たの》んでいないことも、察して行動してくれるのだから。ただ、引き出しに対する視線と外套《がいとう》に関して聞きたい欲をもっと隠《かく》してくれれば……。

（ミーナがどうしてか嬉しそうだし、まあ、いいかしら）

説明が面倒《めんどう》になったナタリーはいつか誤解を解こうと心に決め、今は一旦《いったん》忘れることにした。そしてお父様には馬車の壊れ具合から……正直に事の顚末《てんまつ》を話し――余計に心配されたが「運よく騎士に助けられた」と伝えれば、やっと落ち着きを取り戻してくれた。

「ま、まあ、親切はありがたいがっ。絶対ナタリーに邪《よこしま》な目を向けた奴《やつ》がいるはずだ！　そいつらの目をふさいでやりたかった！」

「はあ。ナタリーは、もう十八歳ですよ。恋《こい》の一つや二つくらい……」

「恋の一つや二つ⁉　やだ〜父さんはやだよう〜」

お母様の大きなため息が聞こえた。ナタリーは訂正《ていせい》しようか迷ったが、微妙《びみょう》に合っている部分があるから……し辛《づら》いのだ。邪な目の副団長とか。あまり詳細《しょうさい》な話をすると藪蛇《やぶへび》になりそうなので、嘆《なげ》いているお父様に笑顔《えがお》を向けてやり過ごした——。結局ペティグリュー家では、昼までこの「ナタリー騒動《そうどう》」に関して話が紛糾《ふんきゅう》することになった。

第二章　波乱の舞踏会

「涙露草は、特徴《とくちょう》が少なくて……他《ほか》の花と見間違《みまちが》うこともあるかもしれないわ。図鑑《ずかん》をぜひ、採取する方に渡《わた》しておいてちょうだい」

「はい。承知しました」

「いつも、お願いを聞いてくれてありがとうね。あ、あと採取した後のことは覚えているかしら」

「はいっ！　もちろんです。地図のここ……僻地《へきち》のところにいるお医者様に、お渡しすればいいんですよね」

騒《さわ》ぎが収まった午後から、ナタリーはミーナと薬草採取について話し合った。フランツに届けるまでの過程はこうだ。ペティグリュー家の山に採取班を向かわせ、涙露草を採り、籠一杯《かごいっぱい》になったらミーナと合流。その後ナタリーの代わりとして、ミーナがフランツへ届けるという計画だ。

「それにしても、涙露草が必要だなんて。本当に珍《めずら》しいですよね」

「そうね。でもお母様の薬の材料として大切なものだから。任せたわね」

「はいっ！」

ミーナが通る声で返事をしてくれたのに対し、ナタリーは笑顔を返した。お母様の病を治すためには涙露草が不可欠なので、ミーナに期待している面もあるのだが……ナタリー自身もその薬ができるまでの間に何かできたらと思ってしまう。

ふと暦《こよみ》を見れば――来月に王家主催《しゅさい》の舞踏会が迫《せま》っていることに気づいた。

フリックシュタインの舞踏会は、国同士の交流はもちろん――騎士たちの活躍《かつやく》を称して、盛大にそして厳《おごそ》かに行われる。参加する騎士たちがみな叙勲《じょくん》している者ばかりで、格式が重んじられる雰囲気《ふんいき》があった。そして舞踏会といえば。

（閣下と初めて出会った場所、よね……）

華《はな》やかなイベントといったイメージより、自分の心に重くのしかかるものに気が付く。ユリウスと夫婦《ふうふ》だった時の過去、そして元義母に一方的に罵《ののし》られる日々――なにより、やられっぱなしだった自分、見通しが甘かった自分を思い出してしまうのだ。嫌《いや》な感情はもちろん、強い後悔《こうかい》がナタリーの心に溢《あふ》れてくる。

気持ちを切《か》り替えるべく首をぶんぶんと振《ふ》る。そんなナタリーを見たミーナが「お、お嬢様？　大丈夫ですか？」と心配そうに声をかけてくれた。

「ええ、大丈夫よ」

ミーナを安心させるように、そして自分を勇気づけるように笑顔をつくった後――もう、あの時の自分ではないのだと気合いを入れ、今のことに思考を向ける。というのも体調を崩《くず》していた第二王子が、きっかけは偶然《ぐうぜん》とはいえナタリーの魔法《まほう》で回復しているのだ。それによって、ナタリーの知っている史実と異なる様相になる可能性は十二分にある。確かにユリウスと再会することを考えると憂鬱《ゆううつ》だが、ナタリーが情勢について知ることができるとしたらきっとこの機会しかない。ナタリーが戦争を止められるとは思えないが、少しでも大好きなお父様、お母様、ミーナを救うためのヒントを得られたら――と両親の顔を思い浮かべたところで、「あ」とナタリーは思わず声を出していた。

「どうかなさいました？　お嬢様」

「ミーナ！　アクセサリーを買いに……王都へ行きましょう！」

「へ？　舞踏会のですか？」

「ええ！　だけど私のではなくて――」

（お父様とお母様は、私を優先するばかりで、舞踏会が開催される前の日付……自分たちの結婚記念日を忘れてしまっているのよね）

時が戻る前、両親に会いたいという気持ちと……それ以上に、お父様とお母様にもっと恩返しをしておけばよかったと、ずっと思っていた。両親ともにナタリーの装飾《そうしょく》を気にするばかりで――それくらいナタリーのことを考えてくれていたことはとても嬉《うれ》しい。けれどナタリーだって大好きな両親の魅力《みりょく》をもっと周りにも知ってほしいと思うのだ。なによりナタリー自身、あまり物欲がないため家から分配されている資産が余っている現状もあった。せっかくの記念日なのだから両親のために お金を使いたいのだ。別れは突然《とつぜん》やってくると、前回の人生で学んだ――だからこそ二人に少しでも感謝の気持ちを届けたい。

「結婚記念日が近いから日々の感謝を込めて、お父様とお母様のアクセサリーを秘密で買いに行こうと思うのだけど……どうかしら？」

「まあ……！　サプライズってことですねっ！　きっと旦那様も奥様も喜びますよ」

「ふふ、それなら行く手配を頼んでもいいかしら？」

「はいっ！　お二人にバレないよう、うまく外出を伝えておきますね！」

ミーナが意気込んだ様子で、嬉しそうに駆《か》け出して行った。きっと、あの様子なら数日のうちに外出の手筈《てはず》が整うだろう。

（私と……お父様やお母様のために働いてくれているミーナにも、何か似合うものを買ってあげたいわ）

ナタリーは部屋から慌《あわ》てて出て行ったミーナに笑みをこぼしつつ、買い物のことへと思考を切り替えた。


王都へ向かう当日、ミーナの采配《さいはい》もあって「ナタリーが自分のために買い物へ行く」ことになっていた。そしてお父様は仕事でお母様もお茶会で他の領地へ行く予定のため、ナタリーと王都に行けないことを残念がっていた。ただ盗賊《とうぞく》の一件もあったことで――いくら厳重な警備のある王都だとしても、ナタリーが一人では危険だと言われてしまい、ミーナと一緒《いっしょ》に行くことを条件に外出が許可されたのであった。

ミーナが一緒にいることに少し安心を覚えつつ、馬車でにぎやかな王都へと向かう。そして数刻が経《た》ち、街並みが綺麗《きれい》に整備された通りへと降り立った。

「わあ……！　お嬢様《じょうさま》、どこもかしこもステキなものばかり……っ！」

「ミーナも欲しいものがあるのかしら？」

「えっ？　そりゃあ……可愛《かわい》いものとか……はっ！　違いますよ！　今日はお嬢様のお買い物が中心なのですからねっ！」

「ふふ」

ミーナと明るく話をしながら、ペティグリュー領とは異《こと》なり発展が目覚ましい王都を歩く。他国に比べて流行アイテムがいち早く入手できるのも、フリックシュタインの王都の魅力だ。また、舞踏《ぶとう》会を控《ひか》えた今の時期だからこそ、自国の貴族令嬢もたくさんこの街へ訪《おとず》れているようだった。

「……あら？」

「どうしました？」

人とすれ違いながらも目当てのアクセサリー店に向かっていれば、少し離《はな》れた場所に目につく婦人がいた。その女性を目にとめて……ついナタリーの足は立ち止まってしまう。距離《きより》があるから断定はできないが、あれは――。

(閣下の……お母様……?)

ナタリーから子どもを取り上げた元凶《げんきよう》――元義母の顔に似ている婦人だと思ったのだ。なにより、婦人が身に着けているアクセサリーに自国にはない紋章《もんしよう》――ファングレー公爵《こうしやく》家の鷹《たか》の紋章が見えた気がして。また、婦人の隣《となり》でエスコートをしている……格式高い服装の男性、彼にも見覚えがあるような――。

「お嬢様っ！」

「へっ？」

「お店に着きましたよっ！　さっきからボーっとしてどうされたのですか？」

「い、いえ……」

ミーナの大きな声によって、ナタリーはハッと我《われ》に返る。ミーナが言う通り、気が付けば目的のブティックに到着《とうちやく》していたのだ。その店を確認《かくにん》したのち、思わず元義母らしき婦人がいた場所にぱっと視線を向けて確認するも――すでにそこには、婦人と男性の姿はなかった。

(見間違《みまちが》い……だったかしら……?)

漆黒《しっこく》の騎士《きし》団なら、同盟の約束もあって――王都で歓待《かんたい》されるほど、フリックシュタインへの出入りは融通《ゆうずう》が利《き》く……が。その家族まで、すんなりと国境を跨《また》げるものなのだろうか。ナタリーの頭の中は疑問でいっぱいになるが、ミーナに促《うなが》されたのもあって当初の目的を思い出す。

（見えたのが本当に閣下のお母様だと、判明したわけじゃないのだから……！　今はお父様とお母様のアクセサリーが大事よね！）

ナタリーは首をぶんぶんと振って疑念を一旦《いったん》頭の隅《すみ》へ置き、両親のアクセサリーを選ぶべく店の中へ入って行った。何店舗《なんてんぽ》か足を運び、ようやく二人に似合いそうな装飾品を見つけた。そして、ミーナが会計を済ませている間に、ナタリーは明るい彼女にぴったりなブローチを手に取る。店員に「そこで話している彼女に渡《わた》すから……こっそり持ってきてね」と包装を頼《たの》めば、店員は微笑《ほほえ》みながら承諾《しょうだく》し、ナタリーのもとに手のひらサイズの小箱を用意してくれた。

「お嬢様、お待たせしました！　旦那《だんな》様と奥様のものを……せっかくですからすぐに持っていけるように、包装ののち袋《ふくろ》でいただけるようです」

「まあ、それはよかったわ……それと、これはミーナに」

「……へ？」

ナタリーから箱を渡されたミーナは驚《おどろ》き、事態が呑《の》み込めていないようだった。そんなミーナに笑顔で「開けてみて」と言えば――おそるおそるミーナは包みを開き。

「お、お嬢様っ！　こんなに素敵なものを……っ！」

「ふふ、気に入ってくれたら……嬉しいのだけど」

「もちろん！　とっても好きです！　永遠の家宝にしますね！」

ミーナは嬉しそうにくるくると回りながら喜んでいて、ナタリーはその様子に「転ばないようにね」と優しく言葉をかけるのであった。そうしたやり取りをしているうちに、両親のものの包装も終わったようで――ミーナが意気揚々《いきようよう》と荷物を持ち、帰宅すべく馬車が待つ通りへと共に戻ることになった。

「あら？　御者《ぎょしゃ》がなにやら慌てている様子ですね？　……荷物を持っていくついでに確認してきますので、お嬢様……少しここで待っていただいてもよろしいですか？」

「ええ、大丈夫よ。気を付けてね」

「はいっ！」

馬車を停《と》めている通りまで戻《もど》れば、小さく見える御者の影《かげ》が慌《あわ》ただしく動いているのが分かった。大方、馬の手入れや馬車の調整に時間がかかっているのだろうが、念のためミーナが先に確認してくると言う。ミーナの過保護の熱に負けて、ナタリーは馬車から少し離れた場所で待つことになった。せっかくなので、休憩《きゅうけい》も兼《か》ねてにぎやかな王都を眺《なが》めていた……そんな時。

「ほ～！　すごい別嬪《べっぴん》さんが一人で何をされているんです？」

「え？」

「うおっ！　近くで見れば見るほど、美しい……お供も連れずにいるなんて、危ないですよ。俺たちが側《そば》につきましょうか？」

「い、いえ……」

　ナタリーが一人で待っているところに、体格のいい騎士二人が声をかけてきたのだった。彼らが身に着けている鎧《よろい》にはフリックシュタインの紋章――獅子《しし》が描《えが》かれているので、自国の騎士団に所属している騎士のようだ。

「美しいお嬢さん、王都は初めてでしょうか？　俺たちが案内しますよ」

「ああ、もちろん夜まで……いや朝になってしまうかもしれませんが……」

「……っ」

　騎士二人はナタリーが遠慮《えんりょ》したことに気が付いていないようで、距離をどんどん詰《つ》めてくる。ナタリーは咄嗟《とっさ》に馬車の方を見やるが、まだ御者との話が終わっていないのか……ミーナがこちらに気が付く様子はない。安全な王都でこんなことになるとは思いもよらなくて、戸惑《とまど》うナタリーに何を勘違《かんちが》いしたのか騎士たちの声が大きくなっていき、そのままナタリーの片腕《かたうで》を掴《つか》んできた。

「なっ……！　何を――」

「女性は華《はな》ですから……ぜひ、俺とゆっくり過ごしませんか？」

「おい！　抜《ぬ》け駆《が》けするなよっ！　だが、か弱いあなた一人を放《ほう》ってはおけない」

「だ、大丈夫《だいじょうぶ》ですからっ！　放してくださいっ」

先ほどより声を張り上げ、ナタリーは衝動《しょうどう》的に、自分の腕を掴む騎士の手を振《ふ》りほどこうと、空いている片方の手で引っ張ろうとして――。

「いてっ……」

「おいおい……引っかかれるなんて、だせぇの」

「クソ……こっちが優《やさ》しくしてりゃあ、調子に乗りやがって。男に媚《こ》びるしかできないくせに……よくもやってくれたな？」

ナタリーが抵抗《ていこう》した拍子《ひょうし》に騎士の手を引っかき、手の甲《こう》に傷ができたようだった。しかしナタリーは、騎士の傷など気にかけることができなかった。それは騎士たちによって追い詰められている危機感もあったが、それ以上にナタリーの頭の中である言葉が蘇ったからだ。

『あらぁ？　能無しで、男に取り入ることしかできないご令嬢《れいじょう》じゃない』

（私は、能無しなんかじゃ……）

聞こえてきたのは元義母のあざ笑う声で、目の前が真っ暗になった気分だった。違う違うと頭で否定をしながらも、あの頃《ころ》の絶望感、悲しみが襲《おそ》ってくる。以前の自分に戻るのなんて嫌《いや》だと、必死に顔を上げて目の前の騎士たちに睨《にら》みを利かせるものの――本能的に恐怖《きょうふ》を感じ、ナタリーは涙《なみだ》を浮かべてしまっていた。動きたくても、動けない――そんなナタリーの様子に騎士たちは下品な笑《え》みを浮かべながら、さらに距離《きょり》を縮めてくる。

「あ～、泣いている顔も可愛《かわい》いな」

「そうだね。でも――できたら夜に、その顔を見せてほしいですね？　ほら、俺たちに身を任せて」

（なんで彼らを振りほどけないの……こんなの、こんなのっ）

騎士に対してあまりにも無力すぎる自分に、そして元義母の言葉に悔《くや》しさが生まれ――きゅっと口を引き結ぶ。そんなナタリーに対して、とどめと言わんばかりに……騎士たちは、空いているもう片方の腕も摑もうとする。もう絶望的だとナタリーの心がくじけそうになった――その瞬間《しゅんかん》。

「嫌がる女性を連れて行くのが……フリックシュタインに属する騎士のやり方か？」

（――え？）

ナタリーの腕が摑まれる寸前、目の前が黒色に染まる。そして聞きなれた低い声とともに現れたのは、漆黒の騎士であるユリウス・ファングレーだった。彼はナタリーと騎士たちの間に割って入り込み、ナタリーの腕を摑んでいた騎士の手を捻《ひね》り上げている。

捻り上げられた騎士は「いてぇ！」と大声を上げながら、そしてもう一人もユリウスから距離をとり始めた。ユリウスは掴んでいた手を振り払《はら》うように放し、体格のいい騎士たちに物怖《ものお》じもせず対面している。突然《とつぜん》現れたユリウスに、騎士たちも困惑《こんわく》しているのか焦《あせ》っている様子が見えた。

「いやあ、し、漆黒《しっこく》の騎士《きし》殿《どの》じゃないですか〜。そ、そんな嫌がる女性だなんて……」

「そうですよ、目の前の彼女は嫌がってなんか――」

「……そうなのか？」

騎士たちがしどろもどろに、そう言い訳しているのを聞き――確認《かくにん》をとるように後ろで庇《かば》っているナタリーに赤い瞳《ひとみ》が向く。一瞬、その瞳に見つめられてナタリーはびくりと身体を揺《ゆ》らすが……意思を伝えなければと思い、首を左右に振る。そして「困っていました」と小さくこぼせば、ユリウスは再び目の前の騎士たちに向き直る。

「彼女は、困っているそうだが――まだお前たちは異論を唱えるか？」

「……ひ、ひぃ」

「もし、反論があるようなら俺が相手をしよう」

「あっ、俺たち用事があるのでっ！　ご、ごめんなさい〜！」

「……行ったか」

ユリウスの後ろに隠《かく》れていたため、ナタリーは騎士たちのドタバタとした足音を聞いて……やっと一息がつけた。

「大丈夫か？」

「え、ええ……」

「所属は異なれど、騎士の不祥事《ふしょうじ》だ……申し訳ない」

ナタリーが落ち着きを取り戻す中、伏《ふ》し目がちになったユリウスは頭を下げ謝罪した。

そのユリウスに呆気《あっけ》にとられながらも、「お気になさらないでください」と返事をする。

たまたまユリウスは王都に用事があって来ていたのだろうか、と疑問は持つものの彼の赤い瞳と視線を合わせづらく――ナタリーもまた俯《うつむ》いた。

「私が弱いばかりに……お手を煩《わずら》わせてしまい――」

盗賊《とうぞく》の時もそうだが、どうにかしたい気持ちはあっても物理的にはうまくできず――人に頼ってしまっている。そんな自分が悔しかった。騎士たちからの恐怖は脱《だっ》したものの居《い》心地《ごこち》は相変わらずよくないので、ユリウスにさっさと別れを告げようとした時。

「そんなことはない！」

「え？」

「煩わしさなんて感じていない……それに」

ユリウスの言葉に思わず、ナタリーは顔を上げてしまう。そしてナタリーの瞳の中には、眉間《みけん》に力を込め力強く言葉を口にする――ユリウスの赤い瞳が映った。

「君は……弱くない」

「っ！　何を言って……」

　自分の無力さから、思わず出た言葉に対して返された――ユリウスの言葉に、頭が追い付かなかった。ユリウスは今のナタリーのことなど知る由《よし》もないのに、どうしてそんなことを言いきれるのだろうか。

（以前は会話もしてくれなかったくせに！　私の何を知っていると言うの⁉）

　あんなに怖《こわ》かった赤い瞳に、震《ふる》えよりも激情がナタリーの中に生まれる。目の前のユリウスが、自分を庇ってくれていることに我慢《がまん》がならなかったのだ。もちろん、今の彼は過去の彼とは違うと、頭の中では分かっていながらも――口が止められなかった。

「私はっ、無力なのです……癒《いや》す魔法《まほう》は使えても、戦う術《すべ》がない。騎士たちに対抗《たいこう》することだってままならない私が強いと……本当におっしゃるのですか？」

　ナタリーがキッと強い視線を向ければ、ユリウスは大きく目を見開き……目を逸《そ》らさずに再び言葉を紡《つむ》いだ。

「ああ、確かに腕力《わんりょく》ではそうなのかもしれない」

「ほら、やっぱり……」

「だが、君は毅然《きぜん》として……立ち向かっただろう？」

「え？」

　ユリウスに言われた言葉に、ナタリーの瞳が揺れる。気持ちだけ先走っていつも結果が伴《ともな》わないと──後悔してばかりの自分だったが、ちゃんと立ち向かえていたのだろうか。ずっと自信を持てずにいたのに……ユリウスにそう言われるのは少し皮肉な気もするが、なぜか赤い瞳から視線を外せなかった。

「盗賊《とうぞく》の時は、勇ましすぎるが……扉《とびら》を開けて対処しようとした。今回は、騎士たちにひるまず相対していた」

「……」

「誰《だれ》しもができることではない……その強さが君にはある」

ユリウスの髪《かみ》が風でなびき露《あらわ》になった両目が、ナタリーを真っすぐに見つめる。──その後優しく細められたかと思うと、ユリウスは低く響《ひび》く声で告げた。

「そんな強さを持つ君が、眩《まぶ》しく──美しいと、俺は思う」

「っ！」

「だから、適材適所というか……俺は要《い》らないほど腕っぷしがある。君に力が必要な時は……俺を使えばいい」

「そ、れは……」

ナタリーはユリウスの言葉に、パクパクと魚のように口を開けたり閉じたりするのみで、漏《も》れ出る言葉も意味を成さない。

「今日出会ったのはたまたまだが、君のためになら何度でもはせ参じよう。そして君を守りたいと言ったら……迷惑《めいわく》だろうか？」

「ど、どうして……」

ユリウスがナタリーに対して、ここまで思ってくれる理由が分からない。素直《すなお》に戸惑《とまど》いを告げれば、ナタリーの疑問にユリウスは首をひねって、逡巡《しゅんじゅん》しているようだった。そして、急にハッと何かに気づいたように――彼の顔が真っ赤に染まり「お、俺は……」と言葉を濁《にご》し始めた。

「す、すまないっ！　性急な話だった！　そのっ、君を困らせるつもりは――」

「お～い！　ユリウス～！　どこだ～！」

「引き留めてしまってすまないっ。ど、どうやらまだ用事があったようだ」

「へ？」

隣《となり》の通りからよく響く声が、ユリウスを呼ぶのが聞こえた。その声を聞いてナタリーは、盗賊の事件があった時に送ってくれた副団長のことを思い出す。彼の声ととても似ていることに気づくのと同時に――馬車の方から「お嬢様《じょうさま》～！　準備が整いました！」とミーナの声が聞こえてくる。その声にナタリーが「あっ」と反応すれば、ユリウスも気が付いた。

「君の迎《むか》えも来たようだから、その……帰りはお気を付けて」

「え、ええ……あっ、今回はありがとうございます！」

「き、気にしなくて大丈夫《だいじょうぶ》だ。では……」

ユリウスから別れの挨拶《あいさつ》をされた時、そういえば助けてくれた感謝を伝え忘れていたと思い――即座《そくざ》に口にした。そしてお互《たが》い呼ばれる声のもとへ向かうように、足を踏《ふ》み出す。

歩きながらも、ユリウスと話していた時がまるで夢だったかのようにナタリーは頭が混乱していた。だって、冷たい視線をずっと向けてきた彼が……あんな言葉を言う人物には思えなくて――もしかして、ナタリーと結婚《けっこん》する前までは人助けをしたり、歯の浮《う》くような言葉を堂々と言ったりしていたのだろうか。

「お、お嬢様？」

「えっ、ミ、ミーナ？」

「またボーっとしているようですが――」

ミーナに言われて、知らず知らず考え込んでいたことに気づいた。

ユリウスには恐怖《きょうふ》を感じていた――けれど別人のような、まるでナタリーを気遣《きづか》うような様子と言葉が頭に残っていて、何度も脳内を駆《か》け巡《めぐ》っていたのだ。ミーナに大丈夫だと返事をし、何かひっかかるものを感じながらも、ナタリーは王都から屋敷《やしき》へと帰ることになった。

屋敷に帰ってくると、お父様とお母様が玄関《げんかん》でナタリーを出迎えてくれた。両親の顔を見るとそわそわと落ち着かない気持ちになり――ナタリーは早速《さっそく》、綺麗《きれい》に包装された小箱を両親の前に差し出す。二人とも、きょとんとした表情をしていたがそんな様子にナタリーはにこりと花が咲《さ》いたように微笑《ほほえ》む。

「お父様、お母様。結婚記念日おめでとうございます！　その……日頃の感謝の気持ちを込めたプレゼントです……！」

そうナタリーが言葉を紡《つむ》ぐと、二人は驚いたように顔を見合わせる。そして箱を開けて、二人の瞳《ひとみ》の色そっくりのアメジストが輝くネックレスと懐中時計を取り出すと目を大きく見開く。最初に声を上げたのはお父様だった。

「ナ、ナタリ〜！　父さんにプレゼントを……!?　うっ、ううう〜」

「お、お父様っ!?」

「あらあら……あなた、ハンカチをどうぞ。ナタリー、本当にありがとう。とても素敵《すてき》なネックレスだわ、大切に使うわね」

「はいっ！　その、お父様も、プレゼントはお気に召しましたか……？」

お母様からハンカチを渡《わた》され、ずびずびと鼻をすすりながら涙を流すお父様は、ナタリーの言葉を聞くや否《いな》や「もちろんっ！　一生分の幸せだ……！　ナタリー、うっ、ありがとう……」と、言葉を返した。

そして、お父様は厨房《ちゅうぼう》へいきなり走りだしたかと思えば「シェ、シェフ～。今日は記念日だ……！　ケーキを作ってくれ！」と大声でお願いしている。

「もう……お父様は、ナタリーのプレゼントに大喜びね」

「ふふ、気に入ってくださって本当に良かったですわ」

その日のペティグリュー家は温かい笑顔に包まれ、ナタリーにとってもかけがえのない一日となった。そして多幸感を覚えながら眠りにつき――優《やさ》しく射し込む太陽の光に幸せを嚙《か》みしめながら、次の日の目覚めを迎えた。

(今日は、穏《おだ》やかに過ごせ――)

「おじょーさまぁぁ！」

ナタリーが昨日の余韻《よいん》に浸《ひた》っていると、部屋の外からミーナの大きな声が聞こえてきた。

(過ごせなそうね……)

「どうしたの、ミーナ？」

ドタバタとミーナがナタリーの部屋に入ってくる。彼女は息を切らしながら、焦《あせ》ったような声を出した。

「旦那様《だんな》が！　ドレスが！」

「え？　お父様がドレスを作ってくれたのかしら」

「ちが……見に行った方が早いですね！　お着替《きが》えを済ませて玄関《げんかん》へ行きましょう！」

「そうなの？」

朝の支度《したく》もそこそこに、ミーナは不思議そうにしているナタリーを玄関まで案内する。

辿《たど》り着いてみれば、そこには震えるお父様とそんなお父様を残念そうなものを見る目で見ているお母様。そして豪華《ごうか》な装飾が施《ほどこ》された二つのドレスが、トルソーに着せられて置かれていた。色やデザインは異なるがどちらも美しいドレスだ。

「ふふ、ナタリーはどこで殿方《とのがた》を射止めたのかしらね。差出人不明のドレスが二つも届くなんて」とお母様が楽しげに笑う。そんなお母様とは反対に、問題を増やしてきそうなドレスの存在を見て、ナタリーは現実逃避《とうひ》をしたくなった。お母様が、「ペティグリュー家のご令嬢にって書いてあるカードがあって……そこに家紋《かもん》が描《えが》かれていてね」と微笑《ほほえ》みを浮かべながら話す。

「う、うん」

「私も歳《とし》なのかしらね、忘れてしまって。なんだか王家の獅子《しし》のような絵柄《えがら》と——他国で有名な鷹《たか》の……黒い騎士様を象徴《しょうちょう》するような絵柄が見えるのだけれど。いったい誰なのかしら！」

「へ、へぇ。そう、なのですね」

「ええ！　もう気になって夜しか眠《ねむ》れなさそうだわ！」

お母様の瞳《ひとみ》からは、すべてを見透《みす》かしていそうな雰囲気《ふんいき》を感じる。カードはともかく、ナタリーはしっかりと玄関に置かれた二つのドレスを見る。まずは柔《やわ》らかい緑を基調とした——肩《かた》が露出《ろしゅつ》しながらも清楚《せいそ》なイメージを持つドレス。よく見れば、エメラルドがドレスのレースに編み込まれていて、豪華絢爛《ごうかけんらん》な装《よそお》いだ。このドレスを見ると、どこかの王子の瞳が思い浮かぶ。まさかこの前のお礼が続いているのだろうか。

「ナタリィィ〜！」

ドアップのお父様の顔が視界を遮《さえぎ》るが、それを避《さ》けるようにもう一つのドレスを見る。こちらは鮮《あざ》やかな赤を基調としながらも、セクシー過ぎず——肩から腕にかけて透明《とうめい》なシフォンを使用している。シースルーの可憐《かれん》さが際立《きわだ》っていた。こちらのドレスも、胸部付近のレースにルビーがいくつも光っていて。どうしてだろう……ユリウスの瞳を連想させる。

（でも、なんで閣下が私に？）

この間のことと言い、恐怖よりも大きな疑問が頭に浮かぶ。うーん……と、頭を悩《なや》ませていれば。

「ナタリィイ！　父さんを、無視しないでおくれ〜！」

「お、お父様……」

先ほど見た時よりもずいぶん震《ふる》えながら、皺《しわ》くちゃな変顔がまた視界を遮《さえぎ》る。どうやら、ナタリーが二つのドレスを見ているのが気に入らないらしい。

「父さんもっ！　ナタリーに見せたいものがあるんだ！　本当はもう少し後を予定していたけど！」

お父様がそう宣言し、高らかに指をパチンと鳴らす。すると待機していたのか、使用人たちがまた別のドレスを持ってくる。それは、ペティグリュー家を思わせる——薄《うす》い紫《むらさき》と白が合わさったドレスだった。胸元《むなもと》が開き過ぎず、ところどころに真珠《しんじゅ》が施されていて、天使を想起させるような——。ドレスから視線を移して、お父様にお礼を言おうとすれば、立っていたお父様がなぜか床《ゆか》に寝転《ねころ》がっていた。

「えっ」

「やだ〜〜！　ナタリィ〜他《ほか》のドレスを選んじゃやだ〜〜父さんやだよぅ〜」

盛大に、お父様は床で駄々《だだ》をこねていた。お母様の方からは、極寒《ごっかん》の視線が注がれており——ペティグリュー家の使用人たちはサッと視線を逸《そ》らしている。ミーナに至っては、死んだ魚のような目をしていた。

「あなた。見苦しいですよ」

「ひ、ひぃっ！　で、でも嫌《いや》なもんは嫌だ〜！　これだけは譲《ゆず》れないもん〜！」

お母様の視線にも負けず、我を通している。自分の父ながら……ある意味あっぱれとも思ってしまう。

「……お父様」

「ナタリ〜〜」

見上げるように、縋《すが》る瞳が向く。両親に甘いナタリーは、白旗を上げた。

「私もお父様のドレスが一番だと思っていましたの」

「ナタリーっ！」

「ナタリー。お父様のことは気にしなくていいのよ？」

「ううん。本当にこのドレスがいいの」

「そうなのね。ナタリーがいいなら。良いのだけれど」

床からガバッと起き上がったお父様は、とても満足げで。それを見たお母様や使用人たちは呆《あき》れているようだ。

「それに、どちらも差出人のお名前がないんですもの……」

「そうだっ！　そんなドレスやめた方がいい！　父さんもそう思ってた！」

差出人は百パーセント想像がついていたが、どちらのドレスも着て行ったら目立ちそうだ。なにより、問題に巻き込まれそうな予感がする。例えば王家の婚約者《こんやく》であったり、ユリウスの母であったり……

「まあ、それでも気が変わったら、私に言ってね？　ちゃんと保管しておくから」

「なっなんだって！」

「は、はは……」

お母様の言葉にお父様が目をひん剥《む》いて驚《おど》きながらも、お母様の采配《さいはい》でこの場の騒《さわ》ぎは収まったのだった。


舞踏会当日――。着るドレスに対して気が変わることもなく、ナタリーはお父様が誂《あつら》えたドレスを着用していた。着るのを手伝ってくれたミーナが、やりきった顔をする。

「お嬢様《じょうさま》！　間違《まちが》いなく、国一番の美しさです！」

「ふふ、もう大げさね。でも褒《ほ》めてくれてありがとう」

「あ、本気にしてませんね？　間違いないのに～」

ぷくっと頰を膨《ふく》らますミーナを見て、思わず笑顔《えがお》になる。そんなミーナは、今日フランツのもとへ向かうことになっている。夕方ごろに出発するので、帰りは明日になるそうだ。

「ミーナ、本当に今日は……」

「大丈夫《だいじょうぶ》です！　お嬢様の気遣《きづか》いは嬉《うれ》しいですけど……私がしたいって思ったことですから！　なので、今日は私の分まで楽しんで来てくださいね？」

「え、ええ……」

ミーナの勢いに負けて、尻《しり》すぼみな反応をしてしまう。それを見たミーナは、「ちゃんと、舞踏会《ぶとうかい》でのお話聞かせてくださいね！」と念まで押してくる。そうまで言うなら、一緒《いっしょ》に参加すればいいのに……やっぱりそれは違うらしい。

(今日の舞踏会は、楽しめるのかしら、ね)

前回は壁《かべ》の花になってやり過ごしていた舞踏会。そのことを思うと今回も、周りの偵察《ていさつ》はするが、果たして。

ミーナを乗せた馬車を見送り、ナタリー自身も執事《しつじ》に連れられて外へと向かう。馬車の前にはすでにお父様がいて、ナタリーのドレス姿を見るなり早くも涙《なみだ》ぐんで感動していた。お母様に「早く乗ってください」と催促《さいそく》され、ようやく動いたお父様も乗せ――ペティグリュー家の馬車はしっかりと王城へ向かっていった。

王城の広間の荘厳《そうごん》な扉《とびら》が開き――会場の中へ、父のエスコートで足を踏《ふ》み入れれば、煌《きら》びやかなシャンデリアと豪華《ごうか》なドレスを着た貴族たちが見えた。ナタリーが入った瞬間《しゅんかん》、ちょうど楽団の音楽が止まったのか、少しの静寂《せいじゃく》ができている中――赤い瞳と目が合った。令嬢たちの熱い視線を一身に集めながらグラスを傾《かたむ》けていたユリウスは、今まで見たこともないほど目をまんまるくしている。そしてその隣《となり》には、甘い相貌《そうぼう》のマルクもいた。彼は目が合った瞬間、なぜか焦《あせ》ったようにバツが悪そうな顔をして走り去っていった。

しばらくこちらを見ていたユリウスもまた、いつものように鋭《するど》い目つきになり、マルクを追いかけていなくなる。なにやら少し顔が赤かったようだが――。

（どうかしたのかしら？）

なんとも変な行動だなと思っていれば、ナタリーは次に視界へ入った人物に眉《まゆ》を寄せる。なぜならそこには――ユリウスの母、元義母の姿が見えたからだ。ずっと気にしないようにしていた過去が脳裏《のうり》にちらりとよぎり、チクッと胸の痛みを感じるが、素早《すばや》く息を整えてナタリーはやり過ごした。彼女はナタリーのことなど視界に入っていないようで、「おーっほっほ」と近くの貴族と会話を楽しんでいる。けれどその元義母こそが、今回の舞踏会で大きな問題を起こすことを――ナタリーは知っている。

彼女のことは頭の片隅《かたすみ》に置いておくことにして、視線を外す。そのまま、両親と共に会場の中でも比較的《ひかくてき》空いているスペースへ移動する。そうして一息つけば、ふと本日持ってきた荷物、現在は母が持っているナタリーのポーチを思い出す。ユリウスの外套《がいとう》は、お父様が騒ぎ出しそうだったため諦《あきら》めたが、せめてと思い王家の紋章《もんしょう》が刻まれたペンダントをポーチの中に入れてあるのだ。王家の……獅子《しし》の紋章は、国のシンボル――国獣《こくじゅう》からとられている。「獅子様」と尊敬や親しみを込めて呼ばれており、現に獅子様の子どもが城内でにゃあにゃあと可愛《かわい》く鳴きながら闊歩《かっぽ》していた。その様子を見てナタリーは心が和《なご》みながらも、ペンダントに意識が戻《もど》る。

（タイミングを見て返そう）

そんなナタリーの思惑《おもわく》をよそに、王家が舞踏会会場に入場してくる。現国王が上階からゆっくりと階段を下り、その後ろにエドワード王子が続く。そして王妃《おうひ》に連れられて幼い第三王子が現れた。王子はみな、王妃の子であるため関係は良好に見える。しかし王家の面々の表情は少し暗い。それはこの場に第一王子が参加していないことに理由があるのかもしれない。そこまで彼の病状は悪化しているようで、ナタリーの知る未来では、戦争が始まる少し前に亡《な》くなるのだ。

でも、とナタリーはある考えが浮《う》かぶ。以前とは違って今はエドワードが快癒《かいゆ》している。前回は結局、第一王子、第二王子が立て続けに亡くなり王権が揺《ゆ》らいでしまった。しかし本来なかった出会いによって、エドワードが元気になったこと――それが戦争の抑止力《よくしりょく》につながるのではないだろうか。周囲の王族付き家臣たちも、エドワードには頭が上がらないようで一目置かれていることはよく伝わってくる。

それにエドワードの働きによって……フランツが軽く話していた王城内における不穏《ふおん》な

動きが減り、第一王子の体調も優秀《ゆうしゅう》な王城の医師たちによって快復するかもしれない。ナタリーは癒《いや》しの魔法《まほう》でその場の処置はできるが——全快のためには本人の体力であったり、その後の医者の知見が不可欠なのである。だからこそナタリーは、完璧《かんぺき》な体制が整っている今の王城なら、きっと第一王子の体調もよくなるだろうとそう感じていた。そんな明るい兆《きざ》しが分かり舞踏会での収穫《しゅうかく》に安堵《あんど》を感じていると、エドワードの父・現国王の挨拶《あいさつ》の時間になった。

「皆《みな》の者、集まってくれたことを嬉しく思う。今宵《こよい》は、楽しんでいってくれ」

白い髭《ひげ》を生やし、威厳《いげん》を持つ国王が挨拶をすれば、その場に集まった貴族たちは一斉《いっせい》に敬意を表する。ちらりと視線を動かせば、廷臣《ていしん》たちが以前よりもごっそりと減っている気がした。それは宰相《さいしょう》とその周辺にいた面々だったような……と思った瞬間、エドワード王子とバチッと目が合った。彼はナタリーのドレスに目を向けた後、不敵にニコリと笑みを向けてきた。ナタリーの心臓がビクッと跳《は》ねる。

（なぜ笑顔なのかしら、不愉快《ふゆかい》になってもおかしくないのに）

彼はとても面白《おもしろ》いものを見つけたかのように笑い、第三王子から「お兄様、どうしたの？」と疑問を向けられている。国王の挨拶も終わり、ダンスや食事の時間が幕をあける。皆、思い思いの時間を過ごし始める——そんな時、スタスタとこちらへしっかりと歩いてくるエドワード王子が見える。それに気づかないナタリーの父は、「ナタリー、一緒に」

と声をかけてくるのだが、その声に重なるように。

「美しいご令嬢。僕と踊《おど》ってくださいませんか」

「えっと」

ナタリーの背中に冷や汗《あせ》が流れる。なんで来たのかという疑問と、問答無用の王子。そして周りの視線が――特に舞踏会に参加している令嬢たちの視線が突《つ》き刺《さ》さっている。かなりの注目と鋭い視線だ。ちなみに、お父様は目が点になっていた。手をこちらに向けるエドワード王子は、優雅《ゆうが》で。

「ぜ、ぜひ。お願いしますわ」

断るのも問題、断らないのも問題と思ったナタリーは、一番無難そうな選択《せんたく》に決めた。前回は壁の花だったため、こんな展開は予想していなかったのだ。そのまま、エドワードに手を引かれ会場の中央でゆったりとしたリズムに身を任せる。

「ふふ、誘《さそ》いを受けてくださり、ありがとうございます」

「拒否《きょひ》されない自信があるように、思えましたわ」

「おや、そんなことはありませんよ。僕はとても小心者ですから。緑のドレスを着ていないあなたを見て、胸がすごく痛みましたよ」

そんなに胸が痛んだのなら、誘わないはずなのだが。この王子の気持ちを理解するのは、本当に難しい。

「綺麗《きれい》なドレスを贈《おく》ってくださり、とても感謝していますわ」

「本当かい？　でも、今日ナタリーが着ているドレスもとても素敵《すてき》ですね。まるで天使が地上に現れたようで」

「お、お口がお上手なのですね。ああ、そういえばペンダントを返し――」

「次も舞踏会の前には、ナタリーにドレスを贈りたいと思っていますよ。今度はきちんと僕が持っていきますね」

この王子、本当に手ごわい。ペンダントを返す時間をもらおうと思ったのに、気が付けばエドワードのペースに呑《の》み込まれているような気がする。場の中心で踊る二人の姿はいつの間にか衆目をさらっており、まるで太陽の光を受ける可憐《かれん》な白い花のようだ――と周りに思われているとはナタリーは知る由《よし》もなかった。

ダンスのリードは完璧で、かつ会話も隙《すき》がなかったエドワード。そんな彼からやっと解放されたナタリーは、少し休もうと飲み物や食べ物のテーブルへ移動した。エドワードはあれから、貴族たちと話をしている。お父様は、お母様に慰《なぐさ》められながら、ダンスを踊っているようだ。

そんな時だった。ガラスが大きな衝撃《しょうげき》を受けて、パリンと割れる音が会場に響《ひび》いた。

「ちょっと！　あなた！　今、何をしたのか、わかっていますの!?」

「ひ、ひっ、ご、ごめんなさい……」

元義母が自分より身分の低い令嬢《れいじょう》に、大きな怒鳴《どな》り声をあげたのだ。元義母のドレスには、赤ワインの大きなシミが広がっており、令嬢が不注意でこぼしたのだと騒《さわ》いでいるようだ。しかし前回その場面をしっかりと目撃《もくげき》していたナタリーは知っている。本当は元義母の腕《うで》が令嬢に強くぶつかってかかってしまったのだと。けれどこのままだと、騒ぎが広がり――余罪も着せられて令嬢は国外追放という酷《ひど》い扱《あつか》いを受けてしまう。

「あの……」

問題の二人に声をかける。未来を知っているのに前と同じように、黙《だま》って見ていることなんてナタリーにはできなかった。

「なにか、御用《ごよう》かしら？」

怒《いか》りが治まっていない元義母は、ナタリーを睨《にら》みつけながら言葉をかけてきた。付近に視線をやれば、まだユリウスは会場に戻ってきていないようだった。きっとそれも、元義母の行動を大胆《だいたん》にしているのかもしれない。ただ、いたとしても抑止力があるかはわからないが。「あたくし、今、この令嬢のせいで、ドレスがダメになってしまったの！　そのことを話しているから……邪魔《じゃま》しないでくださる？」と元義母が強気に主張するせいで、件《くだん》の令嬢は萎縮《いしゅく》してしまっているようだ。

その令嬢を見るとかつての自分を思い出し、ぎゅっと手に力が入る。そしてなぜだかユリウスに言われた『誰《だれ》しもができることではない……その強さが君にはある』という言葉が脳内に響いた。その瞬間《しゅんかん》、ナタリーはずいと元義母の前へ一歩――足を踏《ふ》み出す。

「そのお怒り、この場にはふさわしくないと思いまして」

「な、なんですって？」

元義母が少したじろぐ。大人しそうなナタリーが、まさか自分に言い返してくるなんて思ってもみなかったようだ。そして、ナタリーは以前の記憶《きおく》と少し違《ちが》うことに気づく。それは、元義母のドレス――床《ゆか》に溢《あふ》れんばかりのシフォンをひっかき、くつろぐ存在。

「にゃあ」

「王家のシンボル――国獣《こくじゅう》の獅子様が楽しんでおられます。今回の一件も、獅子様の戯《たわむ》れによる部分が大きいでしょう」

ドレスの下にいたのは、王家の象徴《しょうちょう》である獅子の子どもだ。大きくなれば、国が管理する場所へ運ばれるが、小さい頃《ころ》は、王城の至る所で放し飼いにされている。国獣は、王家にとって繁栄《はんえい》の象徴。だからこそ、他国でも王城内で放し飼いにしている所は多い。

ビリビリビリ――。

黄金の毛並みをもった獅子《しし》は、元義母のドレスが相当気に入ったようだ。かなりの勢いで破いている。それを見た元義母は、「なっ」と驚《おどろ》くのみ。国獣は、神聖であるため「その行動」は基本的にありがたいもの、良いものだと考えなければならない。もちろん人の命を脅《おびや》かすことは看過できないが、遊びで物を壊《こわ》してしまうのは仕方ないとされていて、近づかれると幸運が訪《おとず》れるとも言われるくらいだ。

今回のドレスのシミは、身体《からだ》の衝突《しょうとつ》の他《ほか》に……この大きな子猫《こねこ》（獅子）の所業も関係しているだろう。まだ子どもながら、元義母がついよろけて身体をぶつけてしまうくらいには引っかく力がありそうだ。

「ですから、獅子様の幸運として。今のお怒り、鎮《しず》めてくださりませんか？」

「な、なっ」

最後に元義母の耳元で、「これ以上は、お心の狭《せま》さが明るみに出てしまいますゆえ」と忠告する。それを聞いた彼女の顔が、みるみるうちに赤く染まっていく。前回の記憶で見なかった獅子は、ナタリーにとっても幸運を運んでくれた。

（これも、未来が確かに変わっているということなのかしら……）

ふと、顔を獅子から外せば、少し離《はな》れた場所でエドワードが楽しそうにこちらを見ている。ナタリーの行動が思いのほか目立ってしまっていたようだ。件の令嬢の緊張《きんちょう》もほぐれた様子なので、大事になる前に「御寛大《ごかんだい》な心、感謝いたします」と言ってこの場を離れようとした――が。

「あ、あなた。よくも、あたくしに、このあたくしに恥《はじ》をかかせてくれましたわねっ！」

「え？」

「ゆるさないわっ！」

顔を赤らめながら、元義母はナタリーをきっと睨みつけ怒りを爆発《ばくはつ》させる。理性がなくなったのか、散らばったガラス……特に大きなものに対して手をかざした。その瞬間、まるで意思を持ったかのように大きな一片《いっぺん》のガラスが動く。魔法の力で操《あやつ》っていることは明白だった。

そして素早《すばや》い動きでナタリーに鋭《するど》い切っ先が向く。あまりに突然《とつぜん》だったため、避《よ》けることもできず、目の前に迫《せま》るガラスをただ見ていることしかできない。その鋭い切っ先はナタリーの胸を狙《ねら》っているようで、頭で危険信号が鳴る。

もうダメだと目をつむった――その時だった。ふわっと自分の身体を包み込む温《ぬく》もりの感触《かんしょく》と、自分の前から何かが切り裂《さ》かれるような嫌《いや》な音がする。

(どういうこと、かしら？)

おかしな現象に、おそるおそる目を開ければ――ナタリーの胸に刺さる寸前で、逞《たくま》しい手がガラスを摑《つか》むように握っていたのだ。鋭い切っ先が深く食い込み、赤い血が滴《したた》る様子に息を呑《の》む。

「そん、な」

「……っ、大丈夫《だいじょうぶ》か」

息を切らしながら、そのガラスを摑んでいたのは――ユリウスだった。周囲に事態の理解が及《およ》んだのか悲鳴があがる。

返事をできずにいると、ユリウスはそんなナタリーと騒然《そうぜん》とする周囲にちらりと目を向け、何事もなかったような冷静な顔でナタリーを広い背にそっと隠《かく》した。

「母上、この状況《じょうきょう》は許されませんよ。ご理解していますか」

「っああ！　ユリウスっ！　手が、あなたの手が……」

元義母はサーッと青ざめながらユリウスの手よりも、しきりに彼の周囲をきょろきょろと確認《かくにん》し、その場にへたり込む。ナタリーも周囲を見回したが、特に不自然な点はなく――彼女がいったい何をそんなに気にしているのかと疑問を抱《いだ》いた。一方で、その衝撃にびっくりしたのか、獅子は逃《に》げ出し、ナタリーの疑問は解消されないまま元義母は気絶してしまった。

「はぁ、人騒《ひとさわ》がせな。……マルク！　母上を、馬車に」

「えっ？　わ～！　大変なことになってるね～。ユリウスのお母様、失礼しますよ～」

ユリウスに呼ばれたマルクが、元義母を運んでいく。そしてユリウスは、怪我《けが》をした手をサッと隠し、件の令嬢に「母が迷惑《めいわく》をかけたようで申し訳ない。追って正式に謝罪を」と声をかけている。けれど令嬢はユリウスの顔を確認すると……余計に血色が悪くなってしまう。たしかこの令嬢は、王族付きの家臣の令嬢だった。だからこそ、他国で高い地位にいるユリウスにつながりがもてて喜ぶかとナタリーは思っていたのだが……、予想外な反応に少し面食《めんく》らう。

そして青ざめた様子の令嬢はユリウスの声に対して、首を左右に振《ふ》り「大丈夫ですので」と答えて足早に走り去った。よほど怖《こわ》かったのだろうかと令嬢の後ろ姿を見送っていれば、ユリウスはナタリーに向き直った。

「すまない。大丈夫か」

「え？　ええ。それよりも、閣下の手が……」

「それなら、よかった。君の屋敷《やしき》にも後で正式に謝罪を入れよう」

「い、いえ。その別に……」

どう接していいかわからず煮《に》え切らない返事をしてしまったナタリーに、ユリウスは眉《まゆ》をひそめて何かに耐《た》えるような顔をした。それから、周りへ声を出す。

「お騒がせして申し訳ございません。失礼いたします」

そう言って彼は、会場から出て行く。それに続いて国王が、「獅子様が元気にはしゃいでいたようだ。みな、引き続き舞踏《ぶとう》会を楽しんでくれ」と告げた。それによって、貴族たちはまた華麗《かれい》な空間で談笑《だんしょう》を再開する。散らばったガラスやドレスの切れ端《はし》を、城の使用人たちが掃除《そうじ》し始める中、ナタリーはユリウスが出て行った扉《とびら》を見つめる。

今日は舞踏会、医者はほとんど見かけない。また王家の医者に至っては、第一王子にかかりきりと聞いている。ならば、彼はどうやってあの酷《ひど》い怪我を治すつもりなのか。止血をして、屋敷まで処置をしないつもりなのか。考えを頭に巡《めぐ》らせた瞬間、衝動《しょうどう》的にドレスを両手でたくし上げて……ナタリーはユリウスが消えた扉の先へ走り出した。

前回の記憶では、舞踏会で元義母が問題を起こしても……ユリウスは黙《だま》って容認していたように思う。しかし、今の彼は——本来であればまだナタリーと出会う前だからなのだろうか。それとも、死ぬ前とは違う行動をしているからなのだろうか。——ユリウスに対しての違和感《いわかん》。

扉から出ると、廊下《ろうか》は無人だった。もう公爵家《こうしゃくけ》の馬車に乗ってしまったのだろうか。そう思ったところで、ふと床に赤い色がついていることに気が付く。それは液状で、ポツポツと馬車がある方とは別の場所へ続いているようだ。

(いったい……どこに向かったの？)

赤い点を辿《たど》るように、足早に進んでいくと外に出た。そこは、王家直属の庭師によって手入れされた花園《はなぞの》だった。季節の花が、鮮《あざ》やかに咲《さ》き誇《ほこ》る庭園の中央、赤いバラが咲くエリアに彼はいた。目を閉じて、設置されているベンチに座っている。

衝動的に来てみたものの、いざ彼を目の前にすると不安が頭をよぎる。しかし、やはり血が点々と続いていた場所を思い出し……気合いを入れるように、深呼吸をした。しっかりとした足取りで、ユリウスの方へ歩いていくと——。

「誰《だれ》だ」

　わずかな足音に反応したのか、閉じられていた目がぱっと開く。そして、赤いルビーの瞳《ひとみ》とナタリーは目が合った。その瞬間《しゅんかん》、ユリウスが息を呑《の》んだのがわかる。

「お会いするのは三度目でしょうか。ナタリー・ペティグリューと申します」

　盗賊襲撃《とうぞくしゅうげき》の時と王都の時、そして今回の三度目。ユリウスに挨拶《あいさつ》をして、礼儀《れいぎ》に則《のっと》ったカーテシーを行う。それを見たユリウスが慌《あわ》てて立ち上がり――。

「ユ、ユリウス・ファングレーだ……その」

「挨拶をありがとうございます。怪我をされていますから、立ち上がらなくとも構いませんわ」

「そ、そうか。では、失礼する」

　なんだか、ギクシャクしているような気がしなくもないが……。ユリウスはナタリーの言葉通りに、ベンチにまた腰《こし》かけた。加えて、怪我をしているであろう手も隠しながら。

「まだ、お帰りではなかったのですね」

「あ、ああ。家の馬車が先に出発してしまって。副団長が乗ってきた馬で帰る予定だ」

　そのあとは言いづらそうに、「ただ、馬の嗅覚《きゅうかく》を刺激《しげき》するとよくないもので」と答えた。きっと舞踏会でついた食事や酒の臭《にお》い、そして彼の手を染める血のことだろう。ユリウスは一通り言い終わると、気まずそうに視線をナタリーに投げかける。どうしてここにと言わんばかりだ。

「私は、助けてくださった方の怪我を治しに来ましたの」

「そ、それは……」

「たまたま運よく、跡《あと》がございまして。ちゃんと見つけられてよかったですわ」

ナタリーが下を向けば、ユリウスも合わせてそちらを見る。そして、「ああ、それか。後で掃除しなければならないな……」と暗い声を出した。庭園の芝生《しばふ》に赤い色が、いくつも落ちている。よく見ると、ユリウスの座るベンチ付近にも小さな血だまりができていた。

「怪我した手を、見せてくださいませんか」

「……その」

見せるのが大変嫌そうである。しかし見せてくれなければ、治せないのだ。なぜ嫌がっているのかはわからないが、ナタリーを助けて重傷だなんて寝覚《ねざ》めが悪い。いつかの恐怖《きょうふ》などどこかに忘れて、ナタリーはユリウスに近づく。

「ペティグリュー家のご、ご令嬢《れいじょう》。な、なにを」

「無礼を承知で、失礼しますわね」

焦《あせ》った態度のユリウスを制止して、怪我をした手をそっと掴んで持ち上げた。ナタリーの行動に思考が追い付かないのか、「あ」や「う」など短い声を発するだけでユリウスはされるがままだ。

「……痛い、でしょうに……」

　ユリウスの手のひらは、ひどい状態だった。未《いま》だに血が止まらない状況から予想はしていたが、思っていた以上にガラスによって深く傷がついていて、じくじくと痛みを発していそうだ。これほどの傷だ、掴んだ時はいったいどれほどの痛みだっただろう。そう思ったことがナタリーの表情に出ていたのか、ユリウスは「俺は君を怯《おび》えさせてばかり、だな」と言った。

「え？」

「ご令嬢に、見せるものではなかった。すまない、だから放し」

「今から、魔法《まほう》をかけますので！　じっとしててくださいね」

「そ、そうか……」

　今にもどこかに行ってしまいそうな様子のユリウスを引き留めるため、ナタリーはベンチの前にしゃがみ込み、未だに止血されていない手を自分の両手で挟《はさ》むように持つ。動くのを防止する役割と魔法を効果的に発動できるようにするためだ。血が付くことをまったく気にした様子のないナタリーに驚《おどろ》いているのか、ユリウスが時折謝罪を口にする。血を付着させてだとか、ご令嬢に無理な姿勢をさせてだとか、あれこれ気を遣《つか》う姿は本当に以前とは別人のようだ。

「処置しやすいから、この姿勢でいますので。お気になさらず」

「それなら、いい、のか……？」

まだ困惑《こんわく》を隠《かく》せないユリウスに、着々と自分の魔法をかけていく。集中して――傷を塞《ふさ》ぐように、皮膚《ひふ》を縫合《ほうごう》するように。そうすれば、彼の傷が段々と癒《い》えていくのがわかる。

「ふう……これで、大丈夫《だいじょうぶ》です。ですが、今かけたばかりなので……無理はしないでくださいね」

「ああ、傷が綺麗《きれい》になっているな。本当に感謝する」

「いえ、もし癒《いや》しの魔法が使える方がいたら、また日を改めてかけてもらってくださいね。そうすれば、きっと快癒《かいゆ》しますから」

「承知した。……ご令嬢は、優《やさ》しいのだな。その気持ちはまっすぐで、輝いていると思う――そして、俺が胸を焦がすほどにも……」

「え？」

ユリウスに褒《ほ》められるとは思っておらず、裏返った声を出してしまう。しかも最後にかけては、声が小さくなって聞こえづらく――彼の胸がいったいどうしたのかとナタリーが疑問を口にしようとした時、ユリウスがおもむろに立ち上がった。

「ご令嬢、立ち上がれるか？」

「あ……ごめんなさい。足が痺《しび》れてしまって……。時間が経《た》てば立てますわ」

なぜそんなことを気にするのだろうと不思議に思っていると。

「少しだけ我慢《がまん》を。申し訳ない」

「……へ？」

　ユリウスの言葉を理解するのと同時に、身体《からだ》がふわりと浮《う》いた。しっかりと抱《だ》き上げられ、ユリウスが座っていた場所の隣《となり》に下ろされる。ユリウスの突飛《とっぴ》な行動に、ナタリーの頭は混乱の二文字で埋《う》め尽《つ》くされていた。

「ど、どうして」

「ああ、説明不足ですまない。手を……」

　ユリウスがナタリーの手を見る。つられて見てみれば、魔法をかける際に血に染まった手が、汚《よご》れを拭《ふ》き取るようにサッと綺麗になった。

「わあ！　器用ですね。ありがとうございます」

「いえ、それと……」

　器用な魔法の使い方に歓声《かんせい》を上げると、彼は急に跪《ひざまず》く。突然《とつぜん》の行動に驚いていると、懐《ふところ》からハンカチを取り出しているのが分かった。そしてナタリーの足――自分では気づいていなかったが、ヒールで走ったことで赤くなったところが目に入る。そしてその赤くなった足をヒールから外して……。

「ちょ、ちょっと！」

「無理をさせてしまい、誠《まこと》に申し訳ない」

彼の表情を見れば、眉《まゆ》が八の字になっていた。逞《たくま》しい手に足を触《さわ》られ、鼓動《こどう》が速くなる。ナタリーの脳内処理が追い付かなかった。強制的に制止することも思いつかず見ていれば、手早くかつ丁寧《ていねい》にナタリーの足にハンカチを巻いてくれた。

「俺は、癒しの魔法が使えないから、これくらいしか君に返すことができないが」

「いえ！　足の痛みはもう酷《ひど》くならなそうですから……お、お気遣《きづか》い、感謝しますわ」

なんとも突然な気遣いだったが、ナタリーの返事に対してユリウスは「そうか」とほっとしたように小さな笑《え》みを浮かべた。そんな彼の様子を見ていると、ずっと疑問に思っていたことがナタリーの口からポロリと出る。

「閣下はどうして私を助けてくれるのですか……？」

「っ！　それは……」

ナタリーの疑問に対して、ユリウスは一瞬《いっしゅん》——逡巡《しゅんじゅん》したかと思うと。

「君が俺を救ってくれたから」

そうきっぱりと、さも当然のような様子で彼は答えた。そんな様子にナタリーは虚《きょ》を衝《つ》かれてしまい、「え？」と口を開けていれば。

「では、そろそろ。時間を取らせて本当にすまない。失礼する」

「え、ええ」

彼は、ナタリーが来た道を引き返すように歩いて行った。そして魔法をかけたのだろう

か、庭園内にあった血痕《けっこん》がすべて消えている。また下を見た拍子《ひょうし》に、自分の足に巻かれているハンカチが目に入り——。

「あっ！」

(返さないといけないものが増えてしまったわ……！)

自分がされるがままのせいで、悩《なや》みの返却物《へんきゃく》が増えたことに今気づいたナタリーであった。


「ふう。足の痺《しび》れがとれた……」

ベンチで少しの休憩《きゅうけい》をした後、そろそろ会場に戻《もど》ろうと思う。なんとなくだが、遅《おそ》くなるとお父様が大騒《おおさわ》ぎしそうな気がする。

(……いえ、きっとしてしまうわ)

ナタリーは、会場へ戻るべく……足に負担にならないくらいで足早に歩き始める。庭園から廊下《ろうか》に出る間際《まぎわ》。バラの植え込み越《ご》しに会話が聞こえた。

「おい、今日の漆黒《しっこく》の騎士《きし》様を見たか？」

「ああ、ご夫人もよくなかったが、ファングレー公爵《こうしゃく》の目つき……」

「そう、まさに〝化け物〟の名にふさわしいものだったな」

「いや〜本当に。女性たちはアレの怖《こわ》さを知らないから」

先ほど別れたユリウスについての噂話《うわさばなし》だった。植え込み越しなので、誰《だれ》かはわからないが。声を聞くに、一度挨拶《あいさつ》をしたことがある程度の――自国の王族付きの家臣ではないだろうか。

「こんな騒動《そうどう》になっても、陛下はおそらく不問にするだろうなあ」

「まあ仕方ないよな……そうじゃないと我が国は」

好奇心《こうきしん》は猫《ねこ》を殺すと言われるが、話の内容が気になる。いったいどういうことなのか、気になる気持ちのまま後ろへ振《ふ》り向くと。

「おや？　迷子になってしまったのかい、ナタリー」

「エ、エドワード殿下《でんか》……っ！」

「ふふ、呼び方を忘れてしまったようですね」

偶然《ぐうぜん》なのか、エドワードが他《ほか》の通路からこちらに向かってきていた。それに気を取られていたためか、いつの間にか庭園から聞こえる声も止《や》んでいる。

「なかなか、会場に戻らないから心配しましたよ」

「あっ！　ご心配をおかけしてしまい、誠に申し訳ございません……」

「ああ、謝らせようと思ったわけじゃないんだ。言い方が悪かったですね」

どうやらエドワードは、ナタリーが心配で王城内を捜《さが》し歩いていたらしい。他の用件もあったのかもしれないが。そうしてエドワードと対面していれば、彼はゆっくりとこちらに近づき、エスコートするようにナタリーの腰《こし》に手を添《そ》えた。

「エ、エドワード様？」

「先ほどの、会場での立ち回り、堂々としていて素敵《すてき》でしたよ。惚《ほ》れ直すほどに」

「……」

「しかも、足を痛めていたとは気づきませんでした……。それでも逞しく立っていた姿は、とてもいじらしくて——僕の気持ちをざわつかせてしまうのは、どうしてでしょう」

ナタリーの足を庇《かば》うように、エドワードは支えてくれる。が、彼との距離《きょり》もぐっと近くなり、吐息《といき》がナタリーの首筋にかかる。あまりの事態に、血が顔に上ってくる。

「その、距離が……っ」

「君が望むのなら、どんな願いも叶《かな》えてあげたい。そう思ってしまうんです」

（……あら？）

エドワードの視線は確かに熱を帯びていて、求愛する熱に似ているかと思うのだが、一方で眉尻が下がっているのが分かる。罪滅《つみほろ》ぼしのようなそれは——。

「エドワード様、無理をしてはいけませんわ」

「え？」

「ふふ、私、エドワード様に恩返しをして欲しくて、助けたわけじゃありませんのよ。そうですね、辛《つら》そうな人がいたら見捨てられない……厄介《やっかい》な性格なんです、私」

元来そうした性格だったのが、時が戻ってからより一層酷くなった気がする。だって前は、舞踏会《ぶとうかい》の令嬢《れいじょう》を助けられないままだったから。以前の自分のように辛くなっている人を、もう見たくないというナタリーのわがままなのだ。

「エドワード様は律儀《りちぎ》なのですね」

「……」

「私、エドワード様を助けられて本当に良かったと思うんです。だからこの気持ちに対して責任感を持たなくて大丈夫《だいじょうぶ》ですのよ」

「ふ、まいったな」

距離の近いエドワードの顔が崩《くず》れる。空いている手で、自分の前髪《まえがみ》をくしゃっと触ると、カチッとした王子様の姿から、何かが変わったように感じた。

「ナタリーの瞳《ひとみ》に見つめられると……なんだか僕のやましい気持ちが、全《すべ》て暴《あば》かれてしまうようだね」

「そ、そんなこと」

「困ってしまうな。本当に君が手放せなくなりそうだ」

ナタリーが困惑《こんわく》したように「え?」と返すものの、相変わらず王子は笑っていて。小さな声で「こんな真っすぐな言葉は、初めてだ」と聞こえたような……？

（あ！　いけない。また忘れるところだったわ）

「エドワード様、そのっ、ペンダントを返すお時間を――」

「そういえば、ナタリーのお父上が会場で慌《あわ》てた様子だったよ」

「お、お父様が？」

「だから、早く元気な姿を見せてあげてほしいな」

エドワード王子がパチンと指を鳴らせば、瞬《まばた》きしたのち景色が一変して、長い廊下から舞踏会会場手前の扉《とびら》までやってきていた。

「ま、まあ！」

「ふふ、僕の得意な魔《ま》法《ほう》なんだ。さあ、会場はこの扉の向こうだ」

「エドワード様、本当にありがとうございます」

「いいよ。いや、うーん……どうやら余計な虫もついているようだし」

「え？」

爽《さわ》やかな別れになりそうな頃《ころ》、ナタリーの足に巻かれたハンカチをエドワードはチラリと見ていた。そして、おもむろに口を開いたかと思うと。

「その代わりと言ってはなんだけど。これからは、僕の言葉をちゃんと受け止めてほしいかな。よろしくね、ナタリー」

「へ？」

言い終わるや否《いな》や、ナタリーの腰を支えていた手を外し、かがんでナタリーの手をすくい、その手の甲《こう》へ軽くキスを落とす。

「もう、責任感はやめだ。では、お帰りは気を付けて」

「え、ええ。エドワード様、あ、ありがとうございます？」

彼は最後に不敵な笑みを浮《う》かべ——再び、パチンと指を鳴らす。すると、ナタリーの目の前から姿が消えてしまう。

「ああっ！　だからペンダントを！」

ナタリーは物を返すことが、とことん不得意なのかもしれない。結構、スマートに返す自信があったのに。そうした自信を無くしている中、会場の扉の隙間《すきま》からお父様の声が聞こえた。

「可愛《かわい》いナタリー！　父さんを置いていかないで。これ以上は父さん、悲しくて泣いちゃうよ〜〜」

「あなた……ここは王城ですから、そんなに心配なさらないで」

「うっ、うう。それでも、心配なんだもん」

もう手遅《ておく》れなお父様の様子を察して、会場へ戻るのが少し億劫《おっくう》になった……なんてことはないのだと、自分に言い聞かせて扉を開けた。

その後、ナタリーがいないと呼吸ができない、寂《さび》しくて死んじゃうんだよ、など、お父様の愛の叫《さけ》びを耳にタコができるほど浴びることになった。なので舞踏会を楽しむのもそこそこに、無事に屋敷《やしき》まで家族と一緒《いっしょ》に帰った。お母様が、ナタリーの足元を見て「まあ！」なんて目を輝《かがや》かせていたが――お父様にバレないように、そっと隠《かく》してくれていた。

第三章　戦争の傷痕

舞踏会から幾日《いくにち》か経《た》った頃、国中で注目を集めた新聞は「宰相派閥《さいしょうはばつ》、王家転覆《てんぷく》を目論《もくろ》んでいた疑いで投獄《とうごく》!?」という内容だった。記事には、第二王子エドワードの功績を称《たた》える内容が目立ち――彼こそが次期国王にふさわしいと期待されているようだった。

(……私の知っている世界から、どんどん変わっていってるわ)

ナタリーは国の変化を実感する。エドワードが快復したことで宰相の悪だくみが公《おおやけ》になるほど、国の体制が盤石《ばんじゃく》になっていると感じる。紙面を見れば、宰相と懇意《こんい》にしていた貴族も捕《と》らえられているわけで――ナタリーが知る未来……第三王子が王権を手にして、国が荒《すさ》むことはなさそうだ。これで後は、敵国との戦争を乗り越《こ》えるだけ。改めて、拳《こぶし》を握《にぎ》って決意を固める。そして、部屋のノックが鳴ったのと同時に「お嬢様。ミーナと……フランツ医師が屋敷へ到着《とうちゃく》したそうです」と使用人から声をかけられた。

「まあ！　本当に！　すぐ迎《むか》えにいくわ」

薬をお母様に、と逸《はや》る気持ちを胸に、玄関《げんかん》へと向かえば。わざわざ屋敷まで訪問してくれたフランツがいた。優《やさ》しく微笑《ほほえ》む彼が、刻点病の薬を持って来たことを聞き――早速《さっそく》、お母様の部屋へと案内する。明るく振る舞ってはいたが、日に日にぐったりとしていた母をフランツに診《み》せれば、数日のうちに治ると話をしてくれた。

「ほっほっほ……役に立てて、よかったわい……」

「本当に、ありがとうございます……！」

ナタリーがフランツに、しきりに感謝をしながら話していると、医者が来訪したと聞いて何事かと慌てたお父様が駆《か》け足で部屋に入ってきた。お母様の病の状況《じょうきょう》を聞いて初めは困惑していたが、きちんと治るとわかるなり涙《なみだ》を流しながらお母様を抱《だ》きしめた。

「もう。あなたったら……」

「よ、よかったよぉ」

「本当にナタリーのおかげね、ありがとう」

「ううっ、ナタリー……不甲斐《ふがい》ない父さんですまないっ」

「お母様が元気になって、私も嬉《うれ》しいので……お父様はお気にやまずに」

「うっ、ナタリ～、ありがと……ずび……うっ」

「お父様……お鼻が……」

鼻水と涙を盛大に流しながら喋《しゃべ》るお父様に周りは少し苦笑《くしょう》を漏《も》らしながらも、どこか朗《ほが》らかな雰囲気《ふんいき》がそこにはあった。仲睦《なかむつ》まじい両親の姿を見て、やっと自分が願っていた未来に近づいていることへの実感が増す。そしてナタリーはほっと胸をなでおろし、大切な人たちの笑顔《えがお》をずっと守りたいと感じた。そんなナタリーの胸の内を察してなのか、お母様が口を開く。

「ナタリー、無理はダメよ？　あなたは頑張《がんば》りすぎてしまうから」

「……っ」

「尽力《じんりょく》してくれたのはとても嬉しいわ……でも、私もお父様もあなたが幸せになることが何よりの望みなのだからね」

「……お母様」

「だけど……ナタリーの周りには魅力《みりょく》的な方がいっぱいいるようだから、余計な心配だったかしら……ふふ」

「えっ……ナタリー！　父さんの知らないところでまさかっ⁉」

「あ、えーっと」

お母様の言葉に勢いよく頷《うなず》いていたお父様が、突然《とつぜん》目を光らせるようにナタリーの方を振《ふ》り向いた。しかし、あわやお父様の追及《ついきゅう》が始まるかと思ったところで笑顔のお母様が諫《いさ》めてくれれ――フランツを見送ることでどうにか話題を逸《そ》らしたのであった。

そんな嬉しい雰囲気もつかの間。翌日、ナタリーは新聞に目を奪《うば》われ、手を震《ふる》わせていた。なぜなら、そこには「宰相派閥が脱獄《だつごく》！　その後、敵国へ亡命!?」と大きな見出しが書いてあったからだ。

（いったい、どうなって）

記事を読み進めていけば、宰相らは敵国へ亡命後、自国の情報を売った可能性が高いこと。なにより、そのせいで国同士の緊張感《きんちょうかん》が高まって戦争の可能性が示唆《しさ》されていたのだ。

「きっと、大丈夫《だいじょうぶ》よ」

ナタリーは自分にも言い聞かせるように、不安そうなミーナを励《はげ》ます。前回は宰相派閥をどうにもできず国が腐敗《ふはい》してしまっていたが――今回はもう違《ちが》う。その原因が明るみに出て、多くの人が対処に当たっているのだから……戦争が起きる可能性も低いはずなのだ。

（どうかこのまま戦争の危惧《きぐ》も杞憂《きゆう》で終わって、お願い……）

ナタリーは自分の予感が外れてくれと願ったが、そうしたものほど当たってしまうのはなぜなのか。半年を待たずして、第一王子の訃報《ふほう》と共に――戦争が幕を開けたのだ。

その日、ペティグリュー家の面々は蒼白《そうはく》な顔で集まっていた。

敵国の軍が戦争の手始めに、国境近くのペティグリュー領を標的にしているという報が入ったからだ。そう、まるでナタリーの知る歴史のように。

「家族は必ず、父さんが守るから……屋敷で安全に待っていてくれ。なに、援軍《えんぐん》がくるまでの辛抱《しんぼう》だ」

「あなた……」

お母様の病気は治ったが、慣れない手つきで武装するお父様を見守る顔色は病気の時以上に悪い。お父様の言葉は、記憶《きおく》通りの――同じ言い方だった。嫌《いや》な汗《あせ》が背中を流れる。この後はいったいどうなっただろうか……と蓋《ふた》をしていた戦争中の記憶を必死に辿《たど》る。そうこうしているうちに、お父様は兵たちと一緒に出て行って――そう、出て行って……すでに領内に潜《もぐ》り込んでいた敵兵に、鋭《するど》い槍《やり》で貫《つらぬ》かれ――。

ナタリーは、気づいた時には――駆け出していた。

「ナタリーっ！　どこへ行くの！」

「ちょっとそこまで行ってきますわ！　お母様、心配しないでくださいっ」

「お、お嬢様《じょうさま》！」

急な戦争によって使用人や馬はかり出され、屋敷中がてんてこ舞《ま》いで、頼《たよ》れるのは自分だけだ。心配するお母様やミーナを背に、ナタリーは屋敷から飛び出した。目指すは、まだ出発準備中の父の所へ。

（急いで、頑張って私の足――）

普段《ふだん》、激しい運動をしていない弊害《へいがい》がここで生まれている。ちゃんと鍛《きた》えておけばよかったと、唇《くちびる》をきゅっと引き結ぶ。火事場の馬鹿力《ばかぢから》とでもいうような精神力でナタリーは慣れないながらも走った。

（いないわっ、お父様どこ——あっ）

敵を迎え撃《う》つべく準備している兵たちと合流する予定の場所に父の姿がなく、いよいよ目の前が真っ暗になりそうな瞬間《しゅんかん》——少し離《はな》れた所に、兵たちを引き連れ馬に乗るお父様の姿を発見する。良かった間に合った——早く声を。

「お、おとう、さ、ま……」

（走ったせいで、声が出ない。癒《いや》しの魔法《まほう》だって自分には使えない）

「だ、めっ、お、とうさまっ。止ま、って！」

馬たちには聞こえているのか、耳をピクピクと動かしてこちらを気にしている。その反応に気づいたお父様が、振り返って。

「ナタリーッ!?　こんなところでどうしたんだい!?」

（敵に討《う》たれる場所より前にお父様がいて、私に気づいてくれた。これで、大丈夫。もう大丈夫……）

ほっと安心するナタリーをあざ笑《わら》うかのように——お父様の近くにある茂《しげ》みが揺《ゆ》れる。そして、当たってほしくない予想が現実になった。茂みから鋭い槍の先端《せんたん》が見え——お父様をとらえようと素早《すばや》く動く。咄嗟《とっさ》のことで、判断が遅《おく》れるお父様。

（――どうして、嫌、嫌よ）

絶望に染まったその時、ナタリーの隣《となり》を猛《もう》スピードで何かが横切った。それは、黒い馬で、手綱《たづな》をしっかりと握《にぎ》り走ることに専念しているのは――。

「え……？」

すべては一瞬の出来事だった。黒い風はそのままお父様と槍の間に飛び込み――。

ザシュッという肉が裂《さ》かれる音と共に――。

槍は鋭く――ユリウスの胸を貫いた。

彼女が短剣《たんけん》で胸を刺《さ》し貫いた瞬間、ユリウスの時間が止まったような気がした。我に返って急いで駆け寄るが、すでに彼女の息はない。息子《むすこ》もまた、状況を理解できていないのか慌《あわ》てた様子だった。彼女の身体《からだ》は想像以上に細く、抱き上げれば異常なほど軽い。

公爵家《こうしゃく》の資産で贅沢三昧《ぜいたくざんまい》している人間がそんなわけ――はっと気づいた時には遅《おそ》かった。ここ最近ずっと頭にかかっていた曇《くも》りが消えていくのがわかる。己《おのれ》が何をしてしまったのか、母が、息子が――ファングレー家が彼女にしたこと、そのすべてが罪で。正しくあれ、ずっとそう思っていたはずなのに。

（……やはり、俺は化け物でしかなかった）

なぜ彼女の国と同盟国なのか。もちろんユリウスの国が軍事国家で、それを強みに交《こう》渉《しょう》をしているところも大きいだろう。しかしそれ以上の理由として――ファングレー家の特異な事情が絡《から》んでいる。ファングレー家は化け物の一族だ。化け物たる理由は、人の身を超《こ》える膨《ぼう》大《だい》な魔力に由来する。生まれ持った魔力とは別に、父親の死後その魔力が子どもに受け継《つ》がれ、代々増え続けていくのだ。

膨大な魔力は良い面を言うなら強く、悪い面を捉《とら》えるなら……扱《あつか》いきれず魔力を暴走させてしまう。その威力《いりょく》は今となっては小さな国なら消滅《しょうめつ》させられるほどのもので――言うなれば、時限爆弾《ばくだん》のようなものだった。溜《た》められた魔力は身体を苛《さいな》み、いつか暴走する。けれど、それまではセントシュバルツの切り札となる。だからファングレー家は特別視されると同時に、当主には嫡子《ちゃくし》を一人設け、その子が育つまでは生きながらえる義務が課されているのだ。

国に首輪をつけられた化け物。そんな化け物の魔力がいざ暴発しても封《ふう》じ込められる魔法の檻《おり》を提供する、その代わりに軍事力の支《し》援《えん》を、というのが両国の同盟の始まりだった。

そしてその事実は、王族たちだけの公然の秘密になっている。どれほど見目麗《みめうるわ》しくても、裕福《ゆうふく》だとしても、ファングレー家と結婚《けっこん》するというのは、外れくじなのだ。

母の様子がおかしくなったのは、ユリウスが幼少の時、戦神と称《たた》えられていた父が亡《な》くなった時からだった。

『ユリウ、ス。覚えておけ、こう、ならないように。自分を、律するのだ』

ベッドで酷《ひど》いクマを刻みつけた父は、亡くなる前、苦しそうに咳《せき》をしながらユリウスに語りかけた。それがユリウスが縛《しば》られている呪《のろ》いであり、ユリウスの罪。

『常に……正しく、あれ、悪は罰《ばっ》せよ。最期《さいご》の時まで、ファングレーとして……国を勝利に、導く希望であ……り続け、ろ』

『父上っ！』

その言葉を最後に、父は亡くなった。床《とこ》に臥《ふ》せるようになってから、彼が遅効《ちこう》性の毒を何度も服用していたと後から分かった。父はギリギリまでユリウスと母に真実を教えることを嫌がっていたのだろう。父の遺書――そこでファングレー家の秘密を知った。

『そんなっ、そんなこと。あたくしは……』

『母上っ』

『化け物だなんて。どうして、聞いていないのに』

あまりの情報量に、母は壊《こわ》れてしまった。ユリウスの言葉を聞いているようで、聞いておらず何かにとりつかれたかのようだった。

『そう、よ。あの人の言っていた通りに、正しくいれば、いいのよ』

『母上？』

『ユリウス。家のために、家にとっての正しさを優先しなさい』

『は、い』

まだ少年だったユリウスは母の言葉を鵜呑《うの》みにし、育っていった。そんな母が陰《かげ》で、飲酒や睡眠薬《すいみんやく》に溺《おぼ》れようとも……母が可哀想《かわいそう》で――目をつぶっていた。

ユリウスの身体に変化が訪《おとず》れたのは、父が亡くなって少し後のことだった。魔力量が急に膨大になったのだ。またそれと同時に高熱を発症《はっしょう》し、熱の弊害か、金縛《かなしば》りにあう。

『……っ』

しかも幻覚《げんかく》なのか、絵画で見た――今までの先祖がユリウスの枕元《まくらもと》に立ち「お前が最後」、「お前で爆発《ばくはつ》が起きる」、「お前は化け物だ」と言い募《つの》ってくるのだ。言葉も出ずに耐《た》えるのみで――自分の父はこの苦しみに耐えていたのだろうか。身体の中で、針を刺されるような痛みまで出てきて、薬でも魔法でも治ることはないのだ。

『はあっ、はあ……』

朝起きれば寝《ね》た感覚はなく、疲労感《ひろうかん》が酷い。そうした苦しみは、一定の間隔《かんかく》でやってきてユリウスを苦しめ続けた。だからこそ、痛みを忘れるように「ファングレーとして正しくあれ」と自分に言い聞かせた。

そんな折、短剣を見つけたのは偶然《ぐうぜん》だった。先祖代々受け継がれていたもののようだったが――金庫の中に封じられていたのだ。また側《そば》にフリックシュタインの王家からの手紙があった。

『悲劇の家、ファングレーよ。

せめてもの慈悲《じひ》だ。どうしても魔力暴走が抑《おさ》えきれない時は、この剣を使え。さすれば、即死《そくし》と噂《うわさ》のこの剣、貴殿《きでん》らに死を与《あた》えてくれよう。どうやら、時を巻き戻《もど》す宝剣とも言われているらしいが。泡沫《うたかた》の夢にすがるのも良いだろう。

だから、王家のために死んでくれ。』

きっと先祖はこの手紙を見て、怒《いか》りのためここへ封じたのだろう。しかし、それを見てもユリウスは何も感じなかった。むしろありがたいと思い、常日頃《つねひごろ》から、所持するようになった。

戦争の褒賞《ほうしょう》としてナタリーが嫁《とつ》いできた時には、ユリウスの身体はすでにボロボロだった。公爵家付きの医師フランツから、『もって数か月だろうのう、こんなに魔力《まりょく》が言うことをきかんなんてのぅ……』と宣告されていた。

そして直感的にわかっていた――きっと自分の代で起爆《きばく》するのだと。父までは良かった、そして戦うまでは良かった。しかし此度《こたび》の戦争で魔力を酷使《こくし》しすぎたせいか、最後の方は魔力を制御《せいぎょ》しきれなくなっていた。魔力暴走が起きる前に……数か月後にはフリックシュタインへ赴《おもむ》き、約束通り檻へ入ろう。

(だから、彼女と親しくしてはダメだ)

彼女が悲しそうな顔をしても、彼女とはできる限り距離《きょり》をとろうと、そう思った。ほどなくして、あと余命数か月だったはずのユリウスに変化が訪れた。なぜか身体が以前よりも軽くなったのだ。フランツからも『奇跡《きせき》じゃ！　これならしばらく診察《しんさつ》もいらぬのぅ』と言われるほどに。

(いったい、なぜ……？)

けれど身体が軽くなったのは一時的なもので、思考を鈍《にぶ》らせる鈍痛《どんつう》はその後も徐々《じょじょ》に強くなっていった。苦しむユリウスに母はことある毎《ごと》に『正しい行いをしていたらきっとまた良くなるわ！』と言い、そのたびにユリウスは父の言葉を思い出した。

――常に正しくあれ、悪は罰せよ。

『あの令嬢《れいじよう》、家の資金をくすねましたの』

『今、彼女は謹慎《きんしん》中のため、この狭《せま》い部屋に閉じ込めておりますの』

『跡継《あとつ》ぎの子のため、あの令嬢には近寄ってほしくないですわ』

(正しさのためなら仕方ない)

痛みが強くなるにつれ、まるで思考に靄《もや》がかかったように、ユリウスの正しさへの固執《こしゆう》は酷くなっていった。

だが、その分厚い壁《かべ》をナタリーが壊した。

ナタリーに『死んだほうがまし』と言われた時、彼女の言葉が理解できなかった。自分に対して脅迫《きようはく》をしているとさえ、思ってしまう程《ほど》に。だから、ふと……自分の懐《ふところ》にあった短剣《たんけん》を彼女に渡《わた》そうと思ったのだ。彼女は本心ではないと――使えないところを見てやっぱり正しかったのは自分だったと確認《かくにん》したいがために。

『だいっきらい！　あなた方を……憎《にく》みますわ！』

そう言われた瞬間《しゆんかん》、自分の中の「正しさの壁」が消えて。止めようと伸《の》ばした手は空を切り、彼女のもとへ走ったが――時すでに遅《おそ》かった。

改めて彼女の周囲を、ナタリーが置かれていた状況《じようきよう》を調査する。そうすると、彼女が全く悪事を働いてないことが分かった。むしろ、ユリウスの母をはじめとした使用人の罪状がたくさん出てくる。ファングレー家の資産横領、虐《いじ》め、悪口――そして、父が飲んでいた毒を混入させたこと。

（なんておぞましいことを……！　取り返しのつかないことをしてしまった）

なにより、その悪事を看過していたのは……ユリウスで。目の前が真っ暗になった。彼女が亡くなった後、ペティグリュー家が埋葬《まいそう》の申し出をしてきた。ユリウスは、領地などを欲《ほっ》していなかったため、ナタリーに領地の所有権を持たせたままにしていた。そのためペティグリュー家の親族たちが、領地を引き継《つ》いだのだろう。ペティグリュー家の仕来《しきた》りとして、嫁いでも可能であるなら故郷での埋葬を婚家へ望むらしい。

ペティグリュー家の伝統を優先すべきだと思い、言われた通り……その場所へ向かって行けば。ナタリーの遺体はその場で引き取られ――そしてユリウスの目線が、ふと墓地へ向かう。魔法で外部の気候に影響《えいきょう》されないようにしているらしく、ペティグリュー家の墓地は綺麗《きれい》にされていて――誰《だれ》かが飾《かざ》ったのだろうか――彼女の家族全員が描《えが》かれた、幸せな絵をユリウスは見た。そこには、ナタリーに似た夫妻の姿があって――。

その瞬間、ユリウスはその場でくずおれてしまった。彼らの大切な人を、自分は。本当に許されないことをしてしまった。父が死んだ時に涸《か》らしたはずの涙《なみだ》が……流れる。

その後おぼろげにファングレー家の屋敷《やしき》まで戻ってくると、診療《しんりょう》のため訪れたフランツが神妙《しんみょう》な顔をしていた。

『のう、やっとわかったことがあったんじゃ』

『……』

『ペティグリュー家は、癒《いや》しの魔法が得意でのう。しかも、魔力の扱《あつか》いが上手《うま》いらしい。まあ、魔力を使う頻度《ひんど》が多くて、刻点病にもかかりやすかったみたいじゃが……』

『……つまり』

『公爵《こうしゃく》様、魔力暴走が止まった時があったじゃろ。あの時、公爵様以外の――奥様の魔力が検知されたんじゃ』

　フランツは癒しの魔法に関しては専門外だったため、ナタリーの魔力とユリウスの体質が作用するとは思ってなかったようで。改めて研究してみて、その作用が分かったのだという。つまり、ユリウスがこうしてのうのうと生きていられるのも――すべてはナタリーのおかげだった。頭を鈍器《どんき》で殴《なぐ》られたかのような痛みを感じる。ならば、俺は本当に大バカ者で。

　フランツはそれだけ告げると、静かにその場から立ち去った。父と真実をすべて知ってしまった息子《むすこ》は、暗い表情を浮《う》かべている。ずっと見えないところで泣いていたのか、その顔には涙のあとがある。

（もう、彼女のためにできることはないのだろうか）

その時ずっと見ないようにしていた——あの短剣が目に入ったのだ。

それからのユリウスの行動は早かった。まずは、不正を働いた使用人の一斉投獄《いっせいとうごく》。そして母は飲酒や薬の効果が祟《たた》ったのか、罪を裁く前に亡《な》くなってしまった。最後に見た母は、もう言葉も支離滅裂《しりめつれつ》で、ユリウスのことすら分からなくなるほど認知機能が衰《おとろ》えてしまっていた。

(俺は、本当に無知蒙昧《むちもうまい》で、愚《おろ》か者だった。彼女にこの罪について謝る資格さえない)

ナタリーのことを思っては、自分が許せなくなる。愚かと言われてもいい、万に一つでも彼女に生と幸せな時間を返すことができる可能性があるのなら、と短剣について文献《ぶんけん》をしらみつぶしに探した。——そして「短剣の効果」についての記述を見つけたのだ。

ファングレー家の執務室《しつむ》。もともとあったアンティーク家具は撤去《てっきょ》され、今はむき出しの床《ゆか》が見えている。そこには、びっしりと魔法陣《ま ほうじん》が描かれていた。必要な魔法陣は用意した——あとは、膨大《ぼうだい》な魔力が必要だ。時戻りの短剣は、刺《さ》した人間の魔力を吸い——その人間を過去へ戻す力を持つ。そして過去へ渡らせる過程で、今の命を奪《うば》ってしまうため、即死の異名がつけられた。

きっと微《かす》かな幸いだったのは、ナタリーの魔力をこの剣が吸っていたことだろう。これで彼女を、悲劇が起こる前にかえしてあげなければならない。ユリウスは初めて自分の膨大な魔力に感謝したくなった。けれどそれでさえ、魔力が足りない可能性は否《いな》めない。

『父上、僕も儀式《ぎしき》に参加します』

『リアム。お前は、大人に巻き込まれただけだ……すべての罪は俺が』

『父上、僕も同罪なのです。母上を傷つけてしまった。だから、すすんでやりたいのです』

『……』

すっかり青年の顔つきになった息子を見つめる。自分もすっかり歳《とし》をとってしまったと改めて感じる。

『後悔《こうかい》ばかりです。過去の自分を殴って止めたいと思っても、もう戻《もど》れない。あの頃の僕は、本当に馬鹿《ばか》で……今になって、母上とお話しできる空想ばかりしてしまうんです』

『それは……』

馬鹿なのは自分であって、まだ子どもだったリアムではない。そう強く思うが、なんの慰めにもならないことはわかっていた。リアムが抱《かか》える後悔もとても大きなもので。

『それに、魔力暴走の件もフランツ医師から聞きました』

『……っ』

『父上が亡くなったあと、受け継ぐことになる魔力に、僕はきっと耐えられないでしょう。……だから……無残に死ぬよりも、せめて母上の役に立ちたいと思うのです』

息子の覚悟を聞いてしまえば、ユリウスにはもう止めることはできなかった。今も暴走寸前のユリウスの魔力を受け継いだとして、リアムはもう、長くは生きられない。賢《かしこ》い息子は、きっと短剣に捧《ささ》げる魔力が足りないかもしれないということにも気づいていたのだろう。

リアムは短剣を手に取ると、そのまま躊躇《ちゅうちょ》無く自分の胸へと振《ふ》り下ろした。

その姿は、ユリウスにナタリーを思い出させた。眠るように穏やかな顔で息絶える息子の手から短剣を取り上げる。今度は自分の番だと、淡《あわ》く輝《かがや》き出した短剣を構える。

(どうか、彼女の家族に――ナタリーに、幸せを)

元騎士《きし》団長として、間違《まちが》いなく自分を殺《あや》める場所――心臓を刺す。深々と剣が食い込み、尋常《じんじょう》ではない痛みがユリウスを襲《おそ》う。

その瞬間、目の前が真っ白に輝いた――。

それを確認したのを最後に、ユリウスは力をなくす。短剣がピキリと音を鳴らし、ばらばらに崩れていく。ファングレー公爵家の滅亡《めつぼう》。そして過去、現在、未来から「短剣」が消失した瞬間でもあった――。

『……はあっ』

　ユリウスは再び目覚めた――見ればずいぶん若い自分の手が見え、膨大な魔力を受け継いだ――あの日に戻っていた。なにより儀式をしたあの日までの記憶《きおく》を完全に覚えていて。

　現実を認識《にんしき》するために、ベッドの上で拳《こぶし》を強く握《にぎ》る。そして頭に思い浮かぶのは、ペティグリュー家の領地で見た幸せな家族の絵に描かれたナタリーの顔。彼女を自分、ひいては自分の家に巻き込もうなんて思わない……ただ。

（君が犠牲《ぎせい》を払《はら》わないように、俺の命、すべてを――捧げよう）

　たとえ王家の檻《おり》でこの身を焼かれようとも、戦争で命を落とそうとも――。


（どうして、閣下がここにいるの――）

　ユリウスは戦争が始まったら王城、都市の中心部で守りを固めているはずなのに。やっぱり、以前の彼とは別人格だからなのか。それほど、ナタリーは自分が目撃《もくげき》している光景が信じられなかった。なにより、強い彼が槍《やり》で貫《つらぬ》かれてしまったことも。だって彼は、勝利の象徴《しょうちょう》で倒れることとなんかなくて。

「ぐ……っ」

　ユリウスに庇《かば》われたお父様は、まだ状況《じょうきょう》が呑み込めていないのか、ただ凝視《ぎょうし》するばかりだ。一方、敵に攻撃《こうげき》されたユリウスは呻《うめ》き声をあげながら、その苦しみに耐《た》えるように自分の腰《こし》に差してある剣《けん》を素早《すばや》く抜《ぬ》き――。

「なっ」

敵兵が驚《おどろ》くのと同時に、彼はあろうことかその剣で大きく切り結び――敵兵を薙《な》ぎ払った。槍を摑《つか》んでいた敵兵も例外なく。そのまま、増援《ぞうえん》すらも許さない猛撃《もうげき》が繰《く》り出される。その攻撃は、斬撃と共に魔力の衝撃波《しょうげきは》を一帯に及《およ》ぼすもので、気づけば視認できる範囲《はんい》で、敵の存在がぱたりと消えてしまっていた。ナタリーは、瞬《まばた》きをも忘れ見ていることしかできなかった。息を呑《の》む瞬間《しゅんかん》を壊《こわ》すように、事態は動いた。

敵がいなくなったのを確認して安心したのか、ユリウスが馬からずるりと、地面へ落ちたのだ。その拍子《ひょうし》に、敵が引き抜こうとした力がかかっていたのか、槍も鈍《にぶ》い音を立てて抜け落ちる。

「だ、大丈夫《だいじょうぶ》かっ！」

お父様が大きな声を上げて、馬から下りユリウスへ駆《か》け寄る。その声にハッとなり、再び足に力を入れナタリーもその場所へ。

「なんという力、しかも酷《ひど》い怪我《けが》を――ってナ、ナタリー!?」

「……っ。そ、んな」

父の驚きすらも聞こえなくなるほどの動揺《どうよう》が、ナタリーを襲う。舞踏《ぶとう》会の時よりもずっと、彼の身体《からだ》は見るに堪《た》えない有様だった。

(前回は私を助けようなんてしてなかったのに、どうしてそこまで)

　ユリウスの気持ちが全く分からない。どうしてという疑問が、頭を埋《う》め尽《つ》くす中――槍が刺さっていた彼の胸部が見えた。それは、どう見ても致命的《ちめいてき》な怪我で。

「……よ、っ」

「……え？」

　彼の口から、小さな声が漏《も》れる。よく聞こえず、思わず彼の口元へ耳を近づければ。

「よか……っ、た。ぶ、じ……で」

「何をっ」

　どうしてそんなことを言うのだ。しかも彼は目から光を失いながら、まぶたを閉じ――微笑《ほほえ》んでいて。口からも血が出ているのに、苦しいはずなのに。どうして、どうして。

「……っ、なにもっ！　よくないわっ！」

「ナ、ナタリー？」

　どうやら、お父様は急いで救護部隊を呼んでいるらしい。そんな中、ナタリーが急に大きな声を出したことに気づいて、身体を揺《ゆ》らして驚いている。

「お父様っ！　今から、私、彼の治療《ちりょう》をするわっ！」

「えっ、その、応援《おうえん》が」

「それでは遅《おそ》いわ！」

「だ、だが」

父の戸惑《とまど》いもわかる。これから救護部隊がくるのであれば、この場は任せて早く離《はな》れた方がいいということもあるのだろう。敵の存在は確認できないが、それでも今は戦時中――いつまた襲撃《しゅうげき》されたっておかしくない。

（けれども、今すぐ治療しなければ彼は死んでしまう。間違いなく）

致命傷を受けたユリウスは、どう見たって刻々と衰弱《すいじゃく》している。彼を見捨てるなんて、そんな自分をナタリーは許せそうにないし――彼の言葉の真意もわからずに終わるなんて。何もできないまま終わるのは一回目の人生で十分だ。

（なにより、私の強さは立ち向かうことだから……！）

いつかの王都で聞いたユリウスの言葉が、頭に響《ひび》く。困難な状況でも立ち向かう姿が美しいと、彼はそう言ってくれた。絶対に諦《あきら》めたくない。ユリウスの言葉に背中を押されるように、ナタリーはとめどなく血が溢《あふ》れるユリウスの胸部へ手を当てた。魔力《まりょく》を身体中からかき集めて、癒《いや》しの魔法を彼へと注ぐ。血が止まるように、身体の傷が癒《い》えるように。

「ナタリー……、わかった、父さんも手伝おうっ！」

「っ！　お父様」

「父さんの命の恩人でもあるからな。なにより、苦しんでいる人を見捨てることはできない」

お父様の言葉に、焦《あせ》っていた気持ちや冷や汗《あせ》が少し和《やわ》らいだ気がした。しかし、状況はまだ予断を許しておらず、ナタリーの手に被《かぶ》さるようにお父様の手も加わるが――彼の心音は小さくなっていくばかり。

「く……っ」

お父様が、魔力をどんどん込めるが――ユリウスの怪我に対して難しい表情を浮《う》かべる。ナタリーもお父様も汗をじわじわとかいてきていた。

「領主さまっ！　敵部隊の応援が、遠くにっ」

「くっ、こちらの応援部隊は」

「ま、まだです！　このままでは……！」

お父様の部下が、慌《あわ》てたように伝えてくる言葉は絶望的で。

「……っ」

ナタリーの目に涙《なみだ》が浮かび始める。諦めたくないのに……また諦めなければならないのか――戦争では自分は無力で、せっかく得意な癒しの魔法すら中途半端《ちゅうとはんぱ》なままで終わってしまうなんて。なにより、自分の強さを認めてくれた彼の言葉が果たせぬままに終わってしまうなんて、あんまりだ。

「ナ、ナタリー」

お父様がナタリーへ、窺《うかが》うようにまなざしを向ける。わかっている——遠くに大きな蹄《ひづめ》の音がやってきていることは。今までの倍の力を手に込めて、ユリウスに魔力を注ぐ。

（神様でも、悪魔でもこの際なんでもいいからっ。私の魔力すべてを使い切ってもいいから……お願い、治って——）

その瞬間、ナタリーの脳内は内側から光が弾《はじ》けたかのように真っ白になった。目の前も、手元から溢れた強烈《きょうれつ》な光で真っ白に染まる。そういえばこの光、どこかで見覚えが——。

「なっ、ど、どうなって」

お父様にも見えているのか、驚き——自分の手をナタリーの手の上から退《ど》かす。光が現れたのはほんのわずかな時間で、再び光が消えた先にあったのは。

「はぁ……っ、はあ」

「っ！　傷が——」

ユリウスの怪我が、まるで最初からなかったかのように塞《ふさ》がっている。心音を確かめるように耳を近づければ、トクトクと一定のリズムが聞こえる。ナタリーは身体からどっと疲《つか》れが溢れてしまったのか、膝立《ひざだ》ちだった姿勢から力が抜け、その場に座り込む。

「ナタリー、これはっ、というより、早く逃《に》げねば！」

目をぱちくりとさせているお父様は、現在の謎《なぞ》よりも、どんどん近づいてきている敵兵へ注意を向ける。ユリウスが治ったことは良かったが、彼はまだ気絶したままだ。状況が

とても絶望的なことは変わらない。

「やはり、父さんが敵を引きつけるしか――」

「団長――っ！」

お父様が、敵兵への囮《おとり》を申し出る前に聞こえたのは、マルクの大声だった。そしてマルクの後ろには、大勢の黒い鎧《よろい》を着た騎士《きし》たちがいる。

「ぜぇ、いきなりっ、魔力をフルで馬に使ったかと……思ったら、ここにいたっ、ふう。ああ！　麗《うるわ》しのご令嬢《れいじょう》っ、お久しぶりです」

「え、ええ」

マルクは、息切れしながらもユリウスのもとに駆け寄ったのち、倒《たお》れているユリウスを見てぎょっとした。「え？　団長。何が」と困惑《こんわく》しながらも遠くから聞こえる蹄の音に、ハッと音の方を振《ふ》り向く。

「ワァ……しかもあれは。大勢の敵がきているようで？」

どこか遠い目をしながら「はあ～団長の後始末も、副団長の役目ってことなのかなぁ」と言って、すぐさま状況《じょうきょう》を把握《はあく》したようだ。

「あっ！　ナタリー様と……そこにいるのはお父上かな？　ここから、急いで逃げてください っ！　それとうちの団長……」

「あ、ああ。彼はこちらで運ぼう。それより、いいのか？」

お父様の言葉に、マルクが「団長のこと、ありがとうございます」と礼を述べた。そして。

「あとはお任せをっ！　……我ら漆黒《しっこく》の騎士団、いくぞっ」

彼がそう呼びかければ、男達が応《こた》えるように声をあげる。マルクは器用にナタリーへウィンクをすると敵前へ駆《か》け出す。そうしたマルクの行動によって、安全に移動する時間ができた。すぐさま、お父様の部下——体格のいい男性が手綱《たづな》を握《にぎ》る馬へ、ユリウスを乗せる。そしてナタリーはお父様の馬の前に乗って屋敷《やしき》へと走り出したのであった。


「おいっ。ユリウス！　どこに行くんだよ——！」

マルクの声を背にして、俺は馬に魔法をかけながら全力で走る。それはフリックシュタインの王城へ——定期的な警備も兼《か》ねて向かっている最中のことだった。そのフリックシュタインで戦争が始まったと、突然《とつぜん》の知らせが来たのだ。それを聞いた瞬間《しゅんかん》、驚《おどろ》きで時間が止まったかと思うほどの衝撃《しょうげき》を受けた。

（おかしい、戦争が始まるにしてもまだ半年ほどあると思ったのに——なぜ）

一回目の人生の知識を活《い》かして、今回は万全《ばんぜん》の態勢で乗り切るつもりだった。別に要請《ようせい》されてもいない、隣国《りんごく》の警備をしようと何度も提案するくらいには慎重《しんちょう》になっていたはず。しかし蓋《ふた》を開けてみれば、予想だにしていないことが起きている。そんな謎よりも、重要なのは今だ。

（ペティグリューの領地へ。急いで向かわねば……っ）

王城は戦争で狙《ねら》われない――はじめに狙われるのはペティグリュー家の領地だ。ユリウスは、ナタリーの家族が、彼女が戦争の一番の被害者《ひがいしゃ》になっていたことを知っている。二度目を生きる中で、少しずつ運命が変わっているような気配を感じつつも、敵国に近いペティグリュー家の領地が戦争に巻き込まれない……なんてことはありえないだろう。長年苦楽《くらく》を共にした馬に、魔法をかけて駆ける。

膨大《ぼうだい》な魔力はあるのに、自分ができるのは肉体の強化と物に作用する魔法だけで、瞬間移動の類《たぐ》いが使えないことをこれほどまでに口惜《くちお》しいと思うとは。ペティグリュー家の領地までここから通常半日はかかるが、きっと騎士団の馬であれば数時間ほどで着くだろう。けれど一分一秒でも早く向かわねば――きっと後悔《こうかい》する。ユリウスは走ることのみに集中する。すると、周りを風圧でなぎ倒すほど、スピードが出ていた。

思えば、今の人生が以前と異なるのでは――と感じたのは、ナタリーと出会った日からだった。それまでは、ファングレー家で起きた出来事をなぞって、魔力暴走に耐《た》える日々を送っていたのだ。そんなユリウスの行動指針は戦争でナタリーを守り、彼女の幸せも守ること。そのために、鍛錬《たんれん》をいつも以上に自分へ課していた。

『でさ～、俺は酒場で運命の出会いをしたってわけ！　あの美女とはもう――』

『あれは』

以前と同じく騎士団長になり、僻地《へきち》の安全を見回っていた時に違和感《いわかん》が生まれた。馬に乗りながら、女性との関係を自慢《じまん》してくるマルクの話なんて耳に入ってこない。ユリウスの目は、ここにいるのは〝ありえない〟存在に釘付《くぎづ》けだった。

それは、兎《うさぎ》の家紋《かもん》が描《えが》かれた――ペティグリュー家の馬車だった。ユリウスの記憶《きおく》では、このあたりで見かけなかった存在で……しかもその馬車は、治安の悪く、茂《しげ》みが多い道へと入って行くではないか。

『この俺の甘い言葉に、彼女がなんて返したと思――って、ユリウス――！　どこに行くんだよっ！』

平常運転なマルクを放《ほう》っておいて、ユリウスはその馬車が向かう先へ馬と共に駆け出し追いつくと、やはり見間違《みまちが》いではなくペティグリュー家の家紋が見えた。その馬車が盗賊《とうぞく》に囲まれ、御者《ぎょしゃ》を助けようとしてか内側から馬車の扉《とびら》が開くのを見て――咄嗟《とっさ》に止めた。その後、武器を構えて剣撃《けんげき》によって、盗賊たちを気絶させ一網打尽《いちもうだじん》にした。ユリウス一人で対応できる現場だったが、心配になったのか途中《とちゅう》から騎士団の面々が、ユリウスに追いつき加勢していた。

『もう～、行くならちゃんと、俺に一声かけてよね～そうしないと』

『すまなかった』

マルクの小言が長くなりそうだと察したユリウスは、さっさと謝ることによって切り上げる。こうした二人のやり取りは、漆黒の騎士団の定番なのだが――そんなことより、馬車に乗っている人物の状況確認《かくにん》をと、そう思い――馬車に近づけば……アメジストのような目と視線が合った。

(ナタリー、君だったなんて)

ユリウスはなるべく平静を装《よそお》いつつ、しかし内心は混乱していた。彼女がここにいる理由に、全く見当がつかなかったから。詳《くわ》しく話を聞こうと思ったがナタリーの手が震《ふる》えていることに気が付いた。しかも、自分と話す彼女は怯《おび》え切った瞳《ひとみ》で……きっと盗賊に襲《おそ》われた恐怖《きょうふ》が……など理由は思いつく。しかしその瞳に、ユリウスはグサッと心臓をえぐられたような痛みを感じた。

(俺が、そう思う資格なんて……ない、のにな)

ナタリーを苦しめたのは自分で、後悔しようとその視線が辛《つら》いなんて、自分が感じていいものではない。たとえ、今馬車に乗っている彼女が以前の記憶のない彼女だとしても、彼女の目の前から恐怖を取り除きたい一心で、自分の外套《がいとう》を脱《ぬ》ぎ――彼女にかけた。そうすれば、きっと彼女の瞳にうつる嫌《いや》なものは消えるはずで、綺麗《きれい》で曇《くも》りのない彼女の瞳を、心を守りたかった。そんなユリウスの様子に、マルクがポカーンとしているようだが、それを無視し彼女の見送りを団員に命じる。

（きっと、化け物の俺が付いていったら怖《こわ》がらせてしまう）

手綱を握る手に力を入れながら、自分の気持ちをやり過ごす。悲しみ、辛さ、後悔――すべては己《おのれ》の身から出た錆《さび》なんだと、再認識するように視界から馬車が消えるまで、彼女の安全を見守り続けた。

マルクの口車に乗せられたのは、その後だった――。

『いや～なに？　ユリウス団長～！　お前も、そういうところがあるんだねぇ』

『……何がだ』

『もうっ、知ってるくせに～。彼女、とても美しい人じゃないか。ぜひ俺との仲を』

『………』

『あっうそうそ！　そんなこと思ってないからね。だからその剣を触《さわ》る手、しまってぇ！』

マルクは、ナタリーを無事に屋敷まで送り届けた。時刻はそんなに遅《おそ》すぎず、きっちりと働いたようだ。しかし、合流後――勝手な親近感を覚えたマルクが、いつもよりしつこく絡《から》むようになった。副団長であるマルクの腕《うで》を買って、ナタリーの護衛を命じたのは失敗だったかと頭に手を置きながら、眉《まゆ》をひそめていれば、何を勘違《かんちが》いしたのか――。

『あ～。なんていうの。お前の黒い服――ちょ～っと不味《まず》かったかもねぇ』

『っ！　そうなのか？』

『そうそう！　あんな地味な色じゃあねえ……』

ユリウスは恋愛《れんあい》にからっきしだった。それどころか、女性の心を読むのも苦手だ。だから と言ってマルクに頼《たよ》るべきではなかったのだが、ついナタリーを思って彼にすがってしまった。

『ふっふん！　この幾度《いくど》となく恋《こい》の道を究《きわ》めたこの俺が指南しようじゃないか』

『……ああ』

『え？　なに？　ユリウス君、聞こえないよ？』

『……くそっ、たのむ』

ナタリーを喜ばせたい、彼女を悲しませることなんてしたくない。その気持ちでいっぱいになったユリウスは――お調子者の意見を真に受けて舞踏《ぶとう》会のドレスを贈《おく》ることにしたのだ。

自然と赤色のドレスが目に留まる。普段は控《ひか》えめな彼女だが、時にその身のうちの鮮烈《せんれつ》な強さと美しさで周囲の目を惹《ひ》き付ける。きっとこういう色も似合うに違いない、そう思っていると「へぇ、誰《だれ》かさんの瞳の色をね。なるほどなるほど」と何故《なぜ》かマルクがにやにやと笑っていた。

ドレスの店から出て気分転換《てんかん》に街を歩いていれば……騎士《きし》たちに絡まれているナタリーを発見した。あの時の自分は、ナタリーに出会えて熱に浮《う》かされてしまっていたのかもしれない……それほど、彼女に対しての思いが溢《あふ》れてしまっていたのだ。

舞踏会当日。華《はな》やぐ会場に、マルクと母と共に着いた。母はこうした空間が好きなようで機嫌《きげん》がいい。羽目を外しすぎないよう、はじめに伝えたが覚えていないかもしれない。なにより、マルクもマルクではしゃいでいて。

『はあ』

思惑《おもわく》が絡み合う会場内で、ユリウスはため息を吐《つ》いた。まるで見世物《みせもの》になったかのような視線もうっとうしい。母が無茶《むちゃ》をしないように、彼女を話し好きで有名な貴族に紹介《しょうかい》した。きっと今日一日は、解放されないだろう。自分の仕事は終わったとばかりに、ユリウスは壁《かべ》の方へ向かう。どこもかしこも、以前の記憶と代わり映《ば》えのないものばかり――。

そう思っている中、ちょうど楽団の音楽が止《や》み、到着《とうちゃく》した貴族がいるのか扉が開かれた。そして扉から入ってくるナタリーにユリウスは目を奪《うば》われたのだ。天使のようだと――普《ふ》段《だん》は絶対に思わない言葉が浮かぶ。透《す》き通る肌《はだ》、そして高潔さを示すようなゆったりとした足取りで歩きながら――シャンデリアの光を受けて輝《かがや》く彼女の髪《かみ》と瞳は、この世のものとは思えないくらい綺麗で。そんなことを考えていれば……突然《とつぜん》、彼女と視線があった。顔に熱が集まっているのか、熱くなる。

『……っ』

まるですべてを見透《みす》かされているようなその瞳に、胸が早鐘《はやがね》を打つ。そして見つめ合うこと数秒、彼女が戸惑《とまど》いの色をこちらに向けてきたのだ。

（どういうことだ？）

戸惑い――この場にユリウスがいるのは、貴族の間でも普通《ふつう》になっている。ではいったい、と視線がナタリーのドレスに向かった時にはたと気づいた。彼女はユリウスの贈《おく》ったドレスを着てはおらず――もしかして戸惑いの原因は……そこでやっとユリウスは、ドレスを突然贈るのはおかしかったことに考えがいたって。

（マルクっ）

いち早く、ユリウスの怒《いか》りに気づいたのか。彼は、会場から出る扉の前に移動していたのだ。そんなマルクを捕《つか》まえこってり絞《しぼ》っていたせいで、母が彼女に迷惑《めいわく》をかけている頃《ころ》に、辿《たど》り着くのが遅くなってしまった。ガラス片《へん》を掴《つか》んだ手の皮膚《ひふ》が裂《さ》け、鋭《するど》い痛みが伝わるが――それ以上に、このガラスがナタリーを傷つけなかったことに、ほっと安堵《あんど》した。母は自分がやったことの重大さが理解できていないようで、母に対して憐《あわ》れみを感じるのと同時に――ナタリーを害しようとした行為《こうい》に激しい怒りを感じた。

（母上はもう、この時から……そうか）

母を抑《おさ》えることはもうできない。それならば、これを機会に遠くへ行かせよう。今日のことで罰則《ばっそく》を与《あた》え、表向きには療養《りょうよう》という名目で実質公爵《こうしゃく》家から追放することを心に決める。ユリウスはマルクに指示を与えて、会場を後にする。ふと自分の手を見れば、血が止まらない様子で……これでは、馬に乗れそうにもない。さすがに騒《さわ》ぎを起こした身で、治療を周りに求めるのもためらわれ、舞踏会で静かになりたいときに利用する庭園へと――血が止まるまでいようと思い、向かったのだ。

だからその場所にナタリーが現れるとは、予想だにしていなかった。挙動不審《ふしん》なユリウスは、彼女に恐怖を与えていないだろうか。不愉快《ふゆかい》に思われていないだろうか。そもそもどうして、彼女はここにきたのか。様々な疑問がユリウスの頭の中で生まれる。血なんて見ていて楽しい物でもないだろうに、それでも、怪我《けが》をしたユリウスを気遣《きづか》ってくれた。こうした彼女の優《やさ》しさに、どうして以前は気がつかなかったのだろう。こんなにも……。

（本当に、俺はバカだ）

ナタリーが治療をする中、ユリウスの瞳に陰《かげ》が宿る。そこにあるのは強い後悔《こうかい》で、そうした気持ちに支配される中、彼女の足元に目が向けば――ドレスから覗く足が赤くなっていた。それを確認したのと同時に、手の治療が終わったので、頭で考えるよりも――彼女を助けたいと思う行動の方が早かった。だから、彼女を抱《だ》き上げ足にハンカチを巻いたのであって――彼女と距離《きょり》が近くて、胸の鼓動《こどう》が速くなったのはきっと緊張《きんちょう》のせいだろう。

それ以上の感情を自分が持つのは――彼女にとって不快だろうと。だから、この場からいち早く……俺は消えたほうがいいと思い、庭園から踵《きびす》を返す。血のあとは、魔法《まほう》で消しながら――彼女によってすっかり治った手を見た。

(本当にすごい、な)

癒《いや》しの魔法ももちろんだが、ユリウスの中で暴れ回る魔力すら整えてくれている。この魔法を、彼女と暮らした時は何度もかけられていたのだ。きっと夢見が悪くなかった……あの時に。今回の人生では、彼女と交わることはしないつもりだ。だから、この癒しも少し経《た》てば効果は薄《うす》れ――俺が死期を迎《むか》えるのが早いか、魔力が暴走するのが早いか、となるのだろう。

己の身体《からだ》が動かせるうちに、彼女を守ろう――。


舞踏会から帰宅したのち。早速《さっそく》、母を家から追放する手筈《てはず》を整えた。もう悪さをしないように、フリックシュタインとも敵国とも違う他《ほか》の国へ行かせたのだ。ファングレー家の屋敷《やしき》から出るとき、最後まで抵抗《ていこう》を見せていたがそれを汲《く》み取らず、そのまま強制的に馬車に乗せ、母を送った。

母の件と入れ違いに、数か月後――公爵家付きの医師フランツが診察《しんさつ》しにやってきた。診《み》てもらった結果は、前と変わらず魔力が高まり続けているようだった。そして切り出すように、フランツが戦争に関しての話をしてきた。

(戦争が始まる時期が早まっている……?)

戦争に関しての疑念を持ったユリウスは、急いで隣国《りんごく》に向かい――その途中《とちゅう》でペティグリュー領の危機を知って居ても立ってもいられず飛び出したのだった。馬を走らせる中、ペティグリューの領地に到着し、敵国へつながる道の方を見れば、ナタリーが立ち尽くしているのが見え――彼女が見つめる先に、いつかの絵で見たナタリーの父親がいた。それから瞬時に状況《じょうきょう》を理解し、茂《しげ》みから現れた槍《やり》を見て、猛烈《もうれつ》なスピードのまま彼女の父親の前へ出る。鋭い槍の痛みが胸を、全身を襲《おそ》うが――ここで倒《たお》れるわけにはいかない。

彼女を、ひいては彼女の家族を守らねば。すべてはこの日のために生きてきたのだから。その一心で、剣《けん》と魔法を振《ふ》るう。そうした結果、敵の気配が無くなったのを確認《かくにん》してユリウスの身体は馬の上から滑《すべ》り落ちる。どうやら、化け物になる前に――人間として死ねそうだ。もう視界は暗いが、耳元でナタリーの父親らしき男性の声がする。それと、忘れもしないナタリーの声も。

(よかった。本当に、よかった)

――ああ、リアム。お前の父は、すべきことを……できただろうか。

第四章　見える景色

　ペティグリュー家の屋敷へ馬を慎重《しんちょう》に走らせていく。マルクが率いる騎士団のおかげか、敵兵は誰一人として現れず、安全に屋敷まで到着することができた。
　急いでユリウスを客室のベッドに運び込めば、お父様と共に戻《もど》ってきたナタリーに対してお母様は目を見開き、ミーナをはじめとする使用人たちは驚《おどろ》きが隠《かく》せないほどざわついているのに気が付く。しかしナタリーはユリウスの身体が一刻も早く治るようにと、ぐったりとするユリウスを介抱《かいほう》するのであった。

　そんな怒濤《どとう》の日から数日後——状況が一変する。というのも、三日間で戦争が終結したのだ。それは漆黒《しっこく》の騎士団の活躍《かつやく》があったことや、王城でエドワードが迅速《じんそく》に指揮をとって動いたことが起因しているようだった。聞くところによると、大規模な瞬間《しゅんかん》移動の魔法を行ったらしい。
　そうした要因が作用しあって、自国の圧倒《あっとう》的な優勢で戦争の幕は閉じた。戦争は解決し

たものの、ユリウスを救った際にナタリーの手から放たれた強い光については原因不明の
ままだ。ペティグリュー家に伝わる癒しの魔法に何か秘密があるのではと思ったナタリー
だが、両親ともに「わからない」とのことだった。家の医者に診てもらっても身体に異常
などは見つからず、様子見になる。そうした自分のことよりも気にかかるのは――戦争が
終わったというのにユリウスが眠《ねむ》ったまま目覚めないことだった。
(閣下に癒しの魔法が効いていないのかしら……わからないわ)
解決しない悩《なや》みの種が日々大きくなり、ナタリーは眉《まゆ》を寄せ……重苦しい気持ちに苛《さいな》まれていた。そんな時、ミーナから来客の知らせを受け――急いで、玄関《げんかん》に向かえば。
「ほっほ。ナタリー嬢《じょう》、ご無事でなによりじゃ」
「フランツ様！」
屋敷の玄関には、温かい笑《え》みを浮《う》かべたフランツが立っていた。ユリウスがずっと目覚めないこともあり、ファングレー公爵家付きの医師であるフランツに連絡《れんらく》を入れていたのだ。
「来てくださり、本当にありがとうございます」
「いいんじゃ、公爵家付きの医師として当然じゃからな。早速、案内を頼《たの》んでもいいかのう？」
「ええ、もちろんですわ」

眠り続けているユリウスの部屋へ、ちょうど玄関へやってきていたお父様も共にフランツを案内し、向かうことになった。

「うーむ。なるほどのう……身体に異常はなさそうじゃ」

「……はい」

「怪我も見受けられんし。それと、魔力詰《づ》まりもないからのう」

フランツは自前の医療器具を使いながら、ユリウスの身体を診察していた。しかし、わかったのは〝異常がない〟ということだけだ。

「確か、ナタリー嬢の魔法で治療したんじゃよな？」

「ええ、そうです」

「ふぅむ。あくまで推測じゃが」

何かを考え込むような仕草をしてから、フランツは口を開いた。

「もともと公爵様になかった魔力が——癒しの魔法が注がれたことで、身体がびっくりしているのかもしれんな」

「……そ、それは」

「あああっ！　そんな悲しい顔をしなくても大丈夫《だいじょうぶ》じゃ！　魔法が身体になじめば、この症《しょう》状《じょう》は解消されるはずじゃから！」

彼の説明を聞くと、こうした副反応はよく起きるとのことで、癒しの魔法に慣《な》れていないばかりに、身体が休息を求めて——眠ってしまうそうなのだ。ただ大抵《たいてい》は一日程度で起きるらしい。

「まあ、そうじゃのう。ナタリー嬢の魔法を、強く浴びた影響《えいきょう》として、長い眠りが必要なようじゃ」

「つまり私の、せい」

「いや！　そんな悪いものではないぞ！　そもそも魔法をかけにゃいかん状態なら、誰《だれ》しもそうするからのう」

フランツはナタリーを励《はげ》ますように「むしろ公爵《こうしゃく》様は喜びこそすれ、嫌《いや》がることはないじゃろう」と言葉をかけてくれる。暗い表情になりつつあったナタリーは、彼の言葉に救われた気持ちになった。

「その上、重傷のまま大立ち回りをするなんて公爵様じゃなければ死んでいただろう。それを治してくれたナタリー嬢、あとお父上に、わしからもお礼を言わせてほしい」

「い、いえ」

「あ、ああ、気にしないでくれ。そもそも彼に命を救われた身だからな」

「そうか。それでも、命あっての人生じゃ。本当に、ありがとうございます」

お父様とナタリーを見つめて、しっかりと礼を述べる。そうしたフランツの顔は、家族のような優《やさ》しいまなざしでユリウスを見ていた。

「わしの見立てじゃが、おそらくあと少しで目覚めそうじゃ」

「ほ、本当ですか？」

「ああ、魔力《まりよく》の流れを見るにな。今は急な流れじゃが、こういったものは休息で治る類《たぐ》いじゃからのう」

　不安そうにしていたナタリーに、「いつも忙《せわ》しない公爵様に、ちょうどいい休暇《きゅうか》ができたってとこかのう」と語り掛《か》けてくる。

「そうなのですね」

「ああ、本当に仕事が大好きなやつじゃからなあ。わしの忠告が目に見えて起きたってことじゃな」

「へ、へえ」

「何度も休まんと身体《からだ》が壊《こわ》れてしまうぞと言ったからのう。休んでおればこんなに、眠らなくて済んだかもしれんから。ナタリー嬢は、本当に悪くないからのう！」

　フランツはユリウスより、ナタリーの味方という風にイタズラな笑みを浮かべている。彼の様子から、きっとユリウスの容態にウソはないのだろう。フランツにつられて、ナタリーも笑みを浮かべた。

「まあ、ただ、寝《ね》たくても眠れなかったのかも、しれんがな……」

「フランツ様？」

「ああ！　いや、公爵様の寝顔はなかなか拝めんと思っての、ほっほ」

「？」

フランツがボソッと何かをつぶやいた気がした。けれど彼は笑うだけで、それ以上言ってくれず――その笑みも、なんだか寂《さび》しげに思えた。

「だから、わしから言えることは……胸の怪我《けが》で深刻になる必要はないってことじゃ！」

そう自信をつけるように言われれば、ナタリーは頷《うなず》きでその言葉に返した。そんな中、廊下《ろうか》からタッタッタッと小走りで誰かが部屋にくる音が聞こえて扉《とびら》に目を向ければ。

「お、おじょう……さま～」

そこには肩《かた》で息をするミーナの姿があった。小声でナタリーを呼ぶミーナは焦《あせ》っている様子だった。

「どうしたの？」

「そ、それが王城から……使者が来ましたっ！」

「え？」

ミーナは「使者様から、旦那《だんな》様とお嬢様を呼んでほしいと言われまして！」と話した。城でエドワードと踊《おど》る姿を見たことも相まってか、お父様は王家に対していい印象をもっていないらしく――ミーナの声を聞くと見るからにしかめっ面《つら》になり。

「ナ、ナタリーにも用事がある、だ、と」

「お父様、ひとまず下へ向かいましょうか」

「ほっほっほ。いい知らせだといいのう」

フランツは笑いながら、呼ばれた二人を見送る。ナタリーは、席を外すことと診察《しんさつ》のお礼を言ってお父様と二人、玄関へと向かった。ミーナをはじめとして、二人とも使者のことで頭がいっぱいだった。だから、部屋に残るフランツの顔がユリウスに向いていることにも気が付かず——。

「公爵様の魔力暴走は——治らないまま、なんじゃな……」

悲しげな彼の言葉が、ぽつりと部屋に残されるだけだった。


使者がいる玄関へ、ミーナ、そしてお父様と共に向かう。廊下を抜《ぬ》けて階段を下れば、仰々《ぎょうぎょう》しい装《よそお》いをした使者がおり、その手には、王家の飾《かざ》りがついた巻物があった。使者が持っている巻物がおそらく伝言であり、場合によっては、王命なのだろう。

(——前回は、閣下との結婚《けっこん》を命じられたけど。今回はいったい)

王城からの便りに、あまり良いイメージがない。だから、ナタリーは身構えていた。

「ペティグリューの領主様と、ナタリー様でいらっしゃいますね?」

「あ、ああ」

「はい」

受けた命令を淡々《たんたん》とこなすように、目の前の使者は父とナタリーを確認《かくにん》したのち、巻物を開いて口に出した。

「国王陛下からのお言葉になります。此度《こたび》の戦争で、貴家の通達により、騎士《きし》団などの応《おう》援《えん》が間に合ったと聞いた。結果、我が国の領土に敵兵の害なく、また貴家の令嬢《れいじょう》によって、同盟国セントシュバルツの兵の負傷も少なく――戦争終結に至った」

ナタリーもお父様も、使者の口から事実と違《ちが》うことを言われてポカンとしていれば――お父様がナタリーより先にハッと我《われ》に返った。

「い、いや。その通達は――」

「というのは、建前だ」

「え⁉」

お父様が、使者の言葉に待ったをかけて否定をしようとするが、使者が続けた王からの言葉にぎょっとする。

「そうした〝ペティグリュー家の活躍《かつやく》〟ということで、他《ほか》の貴族を牽制《けんせい》したい。この言葉の意味がわかるだろうか」

「……」

国王――エドワードの父親からの手紙は〝脅《おど》し〟であった。つまり、貴族の中でも飛びぬけて力を持たないペティグリュー家へ褒賞《ほうしょう》を授《さず》けることで貴族間の均衡《きんこう》を図《はか》りたい、ということなのだろう。もしそれを汲《く》み取らない場合は——。

(想像するだけでも、恐《おそ》ろしいわ)

「貴家には、ぜひ褒賞を受け取ってほしい。王家からの要望はそれだけである。ペティグリュー家は、今後とも王家と懇意《こんい》にと願っている——ので」

お父様もナタリーも使者からの言葉に、固唾《かたず》を呑《の》んで耳を澄《す》ます。

「この〝褒賞〟以外は、難しく考えなくて結構だ。貴家領主には、明日王城に来てほしい……もちろんナタリー・ペティグリューも共に」

「なっ」

「王家から領主とその娘《むすめ》に、栄誉《えいよ》を与《あた》える……以上になります」

国王から出た娘の名前に、お父様は口をあんぐりと開きながら受け止めている。一方で、ナタリーは前回のように戦果を挙げたセントシュバルツ国への褒賞として捧《ささ》げられないことにホッと安堵《あんど》した。そんな父と娘の思いも気にせず、使者は「明日、王城へと来てください。よろしくお願いします」と最低限の礼儀《れいぎ》だけ済ませ、帰り支度《じたく》を行った。そして、見送るのも結構といった具合に素早《すばや》く馬車へと乗り込んで、去ってしまった。

「ふ、ふぅ。なるほど、な」

「明日、王城へ向かうのでしょうか？　お父様」

「うーむ。そうだな、国王様の言葉を無下にはできない、な」

お父様が言うには国王からの提案で、領土をもらったとしても、うちの家は都市部から離《はな》れているので、きっと他の貴族にとっても脅威《きょうい》にはならない。だから何かやっかみが起きることもないだろうし、収益が増える分には魅力《みりょく》的な話だという。そんな怒濤《どとう》の連絡《れんらく》などを受けたのち、ユリウスの処置を終えたフランツに別れを告げた。もし数日経《た》っても起きなかったら、また呼んでほしいと話し、僻地《へきち》へと帰っていくフランツを見送ったのだった――。

どれだけ悩《なや》んでも考えても時間は過ぎ、王城へ向かう当日になった。今日もまだ、ユリウスは目覚めていない。

お母様に見送られながら、ナタリーとお父様は馬車に乗り、王城へと向かう。道中問題も起きずに、スムーズに王城へと着いた。すぐに王家の使用人に案内され、国王が待つ広間へ通される。そこは赤いカーペットが敷《し》かれている空間で、床《ゆか》から数段上にある豪華《ごうか》な椅子《いす》に国王が座っていた。

「よく、来てくれたな。ペティグリューよ」

「国の崇高《すうこう》な光にご挨拶《あいさつ》申し上げます」

「そう、堅《かた》くならなくともよい。顔を上げよ」

父と娘が共に敬意を表して頭を下げていれば、国王から言葉をかけられ、二人とも顔を上げる。そこには——戦争で疲《つか》れたのか、濃《こ》いクマがある国王様と王妃《おうひ》様、そして側《そば》に、エドワードと第三王子が座っていた。

「来て早々にだが、褒賞を授《さず》けようと思う。敵国より得た——ペティグリューの領地に近い土地を与えよう」

「はっ、ありがたく頂戴《ちょうだい》します。今後も、ペティグリューは王家に忠誠を誓《ちか》います」

今回の戦争で獲得《かくとく》した他の土地については、同盟国と共に協議していくようだ。ペティグリュー家が授かったのは比較的《ひかくてき》利益が少ない土地だ。きっと、重視していなかったから、こんなに早く褒賞として授けられたのだろう。

「うむ。まあ堅苦《かたくる》しいことは、これで終わりにしよう」

一通りの授与《じゅよ》が終わった後、国王は満足そうに頷き、視線をナタリーに向けてから、お父様を見る。

「これまでペティグリューとはあまり交流をせんかったと思ってな」

「は、はあ」

「此度の戦《いくさ》で、今後はそなたとの連携《れんけい》も必要だと思っての」

国王はお父様の瞳《ひとみ》をじっと見つめる。そんな国王のオーラにお父様はおどおどしていて。

「今日は天気もいいからな。ゆっくりと庭で話そう――ペティグリューの」

「こ、光栄でございます」

「うむ。そうなると、ペティグリューの令嬢は退屈《たいくつ》になるだろう？」

「えっ、いえそんな――」

「エドワード、令嬢に王都を案内してはどうか」

驚《おどろ》くナタリーに気づいていないのか、国王はニヤリと何かイタズラな視線をエドワードに向けた。その視線に、エドワードは苦笑《くしょう》しながらも。

「ふふ、素敵《すてき》な提案だと思います。きっと、王都にはまだあまり来たことがございませんよね？」

「え、ええ」

「では、この僕が案内いたしましょう。魔法《まほう》で変装すれば、騒《さわ》がれませんし。なにより〝影《かげ》〟もおりますから、心配はないでしょう」

「確かにな。戦争が終息したとはいえ、治安が悪くなって不審《ふしん》人物の目撃《もくげき》情報もあると聞くからの……しっかりと令嬢を守るのだぞ、エドワード」

「はい、父上」

「へ、陛下っ？」

　エドワードの瞳に見つめられて――王都に詳《くわ》しくない事情を伝えれば、話が進んでいく。驚きの提案にお父様は、思わず国王を呼び、目をこれでもかというくらい見開いて「ナタリーが男と歩くなんて――!?」とでも言いたげだった。

「だから、案ずるな。エドワード、しっかりとエスコートをな」

「はい、父上」

（えっ、いったい、どうしてそんなことに！）

　貰《もら》ったペンダントを持ってきていないくらいには、エドワードと話す機会なんてないと思っていた中、お父様は王族が近くにいるためか強く出られない様子だった。それに対して、優雅な足取りでナタリーの前へエドワードはやってくる。

「どうか無礼をお許しください。手に触《ふ》れますね、ナタリー」

「へ？」

　太陽のように輝《かがや》かしい美貌《びぼう》の彼が、ナタリーの手を――。

「では、行ってまいります。夕刻までには戻《もど》りますね」

「えっえっ」

　エドワードは広間にいる面々にそう伝える。すると王妃様は笑顔《えがお》で、第三王子は「お兄様、いってらっしゃ～い！」と手を振《ふ》っていた。そしてエドワードはナタリーと視線が合うと、面映《おもは》ゆそうに目を細める。その顔を見た瞬間《しゅんかん》、視界がぐにゃりと歪《ゆが》み……移動魔法が発動していた。

第一王子の訃報《ふほう》と戦争の勝利——そんな、二つの出来事が起きた王都にナタリーは、到《とう》着《ちゃく》した。そして視界に入るのは、笑いあう人々が往来を歩く姿、どこからか香る焼きたてのパンの匂《にお》い。見てみれば、露店《ろてん》から美味《おい》しそうな料理が提供されていることがわかるほど、王都はとても平和で活気に溢《あふ》れていたのだ。

戦争が開幕したのと同時に、第一王子を弔《とむら》うため国民総出で喪《も》に服していたが、戦争が勝利で終われば、国王の計らいもあって——明るいムードが形成された。ナタリーは見に行けなかったが、活躍《かつやく》した戦士たちを称《たた》える凱旋《がいせん》パレードが開かれたのだとか。きっとユリウスに代わってマルクが率いる漆黒《しっこく》の騎士《きし》団も、参加していたはず。そうした国の英雄《えいゆう》を祝う行事もあって、和気あいあいとした空気が街に溢れていた。

「ふう、突然《とつぜん》でごめんね。魔法で酔《よ》ってないかい？」

「え、ええ。だ、大丈夫《だいじょうぶ》ですわ」

魔法で酔うどころの話ではないのだが、国王からの勧《すす》めもあってエドワードと街にいるので、今すぐ帰るのは王家との関係的によろしくないだろう。だからこそエドワードとの外出に集中しないといけないのに、屋敷《やしき》に残したユリウスのことが心配になり、ナタリーはつい下を向いてしまう。

(閣下のことは気がかりだけれども……ずっと暗い顔をし続けるのはエドワード様に失礼だわ、今の状況《じょうきょう》に専念しないと……!)

なんとかそう気持ちを切り替《か》えて、目の前にいるエドワードに視線をやると。

「あら。エドワード様、髪《かみ》が」

「ふふ、茶色にしてみたんだけど。どうかな」

いつもの燃えるような赤色ではない、落ち着いた茶色の髪をしていた。きっと広間で話していた変装の魔法なのだろう。素材が良いので、雰囲気《ふんいき》は変われど美しさに陰《かげ》りはなかった。

「とても、似合っていますわ。その髪色も素敵です」

「そうかい? ありがとう。ナタリーの髪もお似合いだよ」

「私?」

エドワードに指摘《してき》されて、近くにあったガラス面にうつる自分を見る。そこには、エドワードと同じ茶色の髪色になったナタリーがうつっていた。

「まあ! すごい! こういったことも魔法で、できるのですね」

「ふふ、気に入ってくれたのなら、僕も嬉《うれ》しいよ」

いつもは明るい銀色の髪が——全く違《ちが》う色に変わっているのが新鮮《しんせん》で感嘆《かんたん》の声を上げる。

そんなナタリーの様子に微笑《ほほえ》みながら、エドワードは「手先が器用なのが活《い》かせて、よかったよ」と言う。

「つい、話し込んでしまったね。さて、美しいナタリー。僕にあなたと一緒《いっしょ》に歩く栄誉《えいよ》を、くださいませんか」

「か、からかわないでくださいまし！　でも、本日はよろしくお願いしますわ」

面白《おもしろ》げな声を出すエドワードに、むむっとしながらも——ナタリーは、エドワードの腕《うで》に手を置き一緒に歩き出した。


「ここは王都でも、露店が活気づいていていてね」

「まあ」

「露店の一帯を越《こ》えれば、大きな広場があってね。職人が手がけた——獅子《しし》をモチーフにした噴水《ふんすい》が見えるよ」

「そんな噴水が！」

ペティグリュー領にある街と雰囲気が違う場所で、ブティックなど用事がある店以外は立ち寄ったことがなかったため、溢れる活気が新鮮で、ナタリーは目を瞠《みは》るばかりだった。

一方のエドワードは、街を紹介《しょうかい》しながらも、道行く民《たみ》を見ては楽しげに挨拶《あいさつ》をしたり、優《やさ》しいまなざしを送ったりしている。その輝かしい笑顔に思わず目を奪《うば》われてしまった。

そうして彼に手を引かれてついていけば、獅子の噴水が見える広場に着いていた。大きな木製のベンチに誘導《ゆうどう》され、ゆったりとした幅《はば》があるそこに二人で腰《こし》かけ、暖かい日差しを、木々の隙間《すきま》から受けながら——たわいもない話をする。穏《おだ》やかで居心地《いごこち》のいい時間だった。ベンチで休みながら、噴水の意匠《いしょう》や他《ほか》の地区にある建物など様々な説明をエドワードから受ける。どの内容も目新しいことばかりで、聞いていて飽《あ》きなくて。

「この広場の先はまだ、未開発地域が多くてね。これから発展していく予定なんだ」

「まあ、そうなのですね」

「ナタリーはどんな店をよく利用するんだい？」

「うーん、私は——」

はじめの気恥《きは》ずかしさもなくなり、会話に花が咲《さ》いていた——そんな時。

「ど、どうかっ。息子《むすこ》をっ、診《み》てくださいませんかっ」

「はあ、支払《しはら》いができねえ患者《かんじゃ》は診られねえんだ」

「そこを、そこをっ、どうかっ」

女性の悲痛な叫《さけ》びが、未開発地域に差し掛《か》かるところから広場へ聞こえてきた。突然聞こえた悲鳴に、エドワードとナタリーが立ち上がりその声の場所へ目を向ければ——そこには、汚《よご》れほつれた衣服を着る女性が、幼い少年を抱《だ》いて地面に座り込んでいるのがわかる。対面には扉《とびら》を少し開けて、その女性を追い払《はら》うように白衣を着た男性が睨《にら》んでいる様子だった。

「こちらも、金がないと治療《ちりょう》を施《ほどこ》せないんだ。すまんが諦《あきら》めてくれ」

「そ、そんな。この子、一昨日《おととい》から熱が引かなくて、どうか……」

「金がないことを恨《うら》むんだな」

女性が大事に抱《かか》える子どもは、確かにぐったりとしていた。しかし男はそれに取り合わず、扉がバタンと閉まってしまう。きっと、あの男は医者で――あそこは診療所《しんりょうじょ》なのかもしれない。閉じられてしまった扉に、絶望の表情を女性は浮《う》かべ、目からはらはらと涙《なみだ》をこぼしている。

「……未開発地域は、貧困層が多くて、ね。可哀想《かわいそう》だけど、僕らが関与《かんよ》したところで根本的な解決はできない」

エドワードは暗い声で、〝お金がなければ、治療を受けられない〟現実を語る。また、一時の助けでは意味がなかろうとも。結局貧困のため、再び病にかかってしまうのだと。

「だから、ここから立ち去ろう――ナタリーっ？」

自分に声をかけるエドワードに気づきながらも、ナタリーは無言で……ずんずんと母子の方へ近づいていく。

「その」

「うっ、うう。なん、で、しょう、か」

　相変わらず、具合の悪い子どもを抱えている女性は落ち込んでいる。自分たちに近づいたナタリーに対しても、なりふり構わないようで。

「あなたの子を、私に診させてくださいませんでしょうか」

「え？」

「私、癒《いや》しの魔法《まほう》が使えますの。あなたの子を治療してもよろしいでしょうか」

　母親は、まさか我が子を治療してもらえるとは思っていなかったのか——きょとんとしていて、ナタリーのことをじっと見つめる。そこには不安、疑い、焦《あせ》りが混じっていた。

「突然のことで、怖《こわ》いですわよね。だから本当に私が、癒しの魔法を使えるのか。あなたの腕の怪我《けが》で見てもらってもいいですか？」

　自分の魔法が自身に効かないため、もしよければなのですが——そう、ナタリーが母親に提案すれば、母親は藁《わら》にも縋《すが》る気持ちだったのだろう。それならば、といった形で彼女は、ボロボロの衣服から見えていた傷がある腕を出した。

　ナタリーは母親に近づきながら、その場で座って彼女の腕に手をかざし、癒しの魔法をかけた。すると、みるみるうちに切り傷のような痕《あと》が修復されるように、消えていく。それを見た母親は、ナタリーにすがるような瞳《ひとみ》を向けて。

「そ、そのっ、私、このくらいしかお金がなくって。この子を治療……」

「お金はいりませんわ。私のお節介《せっかい》ですもの」

何が何でも我が子の治療をしてほしかったようで、数枚の銅貨を出してきたが、それを見るだけでもナタリーの胸は苦しくなる。目の前の苦しんでいる子どもをどうにかしてあげようと思い、子どもの身体《からだ》をなぞるように手を差し出す。腰の関節、肺、頭の順に、熱の根源を鎮《しず》め、癒していけば——苦悶《くもん》の表情を浮かべていた子が眉《まゆ》から力を抜《ぬ》き、安心したような寝息《ねいき》を立て始めたことがわかった。

「あああっ、本当にっ？」

「ふう。これで熱は無くなりましたわ」

ナタリーが治療を終えたことを伝えれば、母親は本当に嬉しそうに、我が子の額や身体を撫《な》でて熱が無くなったことを確認《かくにん》する。

「よかった。本当によかったわ！　なんとお礼を言えばっ」

「ふふ、私もお子さんの熱が下がったこと、嬉しいですわ——それと、あなたも疲《つか》れが身体に出ているようだから」

「え？」

ナタリーは、我が子を抱《だ》きしめる母親の肩《かた》に手をあてて癒しの魔法をかけていく。疲労《ひろう》をなくすように、元気になりますようにと——その効果を感じたのか、ハッと気づいた母親が。

「わ、わたしまで。ほ、本当にこれくらいしか持ち合わせがっ」

「いいんですのよ。このお金は私に出さないで……この子とあなたのために」

「ううっ、ほ、本当に」

「優しいお母様ですね。ですから、このお金でこの子に美味《おい》しいものを、食べさせてあげてください」

「あ、ありがとう、ありがとうございますっ」

感極《きわ》まってしきりに涙を流す母親に、ナタリーは笑《え》みを浮かべる。そうすれば、ほっと安堵《あんど》した母親は何度も感謝を述べたのち、ナタリーに別れを告げ、彼女の子どもを背負って——奥の道へと歩いて行った。

「あ！」

治療に集中していたナタリーは、エドワードをつい忘れていた状況《じょうきょう》に気が付く。すぐさま立ち上がって、エドワードがいた場所に目を向けた。そこには、ずっとナタリーを見守っていたのだろうか——こちらを見つめるエドワードがいて。

「申し訳ございません。お待たせしてしまい……」

「いや……」

エドワードは何か難しげな表情をしていた。眉をひそめて——。

「君は、病院でも開くつもりなのかい？」

「え？　い、いえ……」

ナタリーがそう問いかけられ返事をすれば、また表情が険しくなる。声もどこか暗く。

「なら、あの親子を魔法で治すことで自分に酔《よ》いしれているのか？」

「え？」

「僕も治してもらった手前、こう言うのは気が引けるけど……」

エドワードは重い口を開き、ナタリーに対面して。

「君の行動は、偽善《ぎぜん》なのではないか。すべての人を助けることではなく、自分が見えている人にだけ手を差し伸《の》べて」

「……」

「君の行動で、その後――あの親子が幸せな生活を送れるかは……わからないだろう」

鋭《するど》い言葉で、ナタリーの行動を言い表す。そして、「確実ではないことをするのは不幸じゃないのか」とも話して、ナタリーが今まで気にしてなかった――隠《かく》していた部分を暴《あば》くように話した。そうしたナタリーの行動に対して意見を述べたのち、エドワードは視線を下に向け押し黙《だま》る。

一瞬《いっしゅん》、時が止まったように感じるほど静寂《せいじゃく》が満ちる。建物の間から照らす夕日でさえ、どこか冷え込んでいるような気分にさせてくる。この場の空気に耐《た》えきれなくなったのか――エドワードが口を開こうとしたその時。

「そうですわ」

「え？」

「私の行動は偽善なのでしょう。でも、それで構いませんわ」

（そう、私は神さまには、なれないわ）

自分の中で覚悟《かくご》を決めたように……ナタリーは自分より、上にあるエドワードの顔を見て視線を合わせる。

「私が見える範囲《はんい》で、助けられる人を助けて——可能性を広げたいのです」

「可能性？」

「ええ。死んだらもう、幸せなんて考えられませんわ」

「……」

生きていればその人が幸せになるかもしれない、そんな可能性をナタリーは話す。確かに、一度死んだ自分が言うのは皮肉な気もした。しかし、二度目の人生で——生きているからこそ両親が元気に笑ってくれていること、ミーナが楽しそうにしていること——みんなと生きて話せることが、こんなにも大切だと気が付けた。死を決心した時は幸せなんてなく、絶望しかなかったからこそ。

「生きるのだって、もちろん苦しい時はありますわ。でも、生きていれば、幸せに向かって歩むことができますもの」

「……」

「甘い考えですが――私は、そんな思いで魔法を使っています」

ナタリーの言葉を聞いて、エドワードは目を大きく見開いてナタリーを見つめる。無音が支配する中で、エドワードは重い口をゆっくりと開いた。

「僕は、汚《よご》れているね」

「え……？」

「すぐに可能性を切り捨てて、見殺しにしてしまう」

エドワードから言われた言葉にぽかんとする。彼の様子は、思いつめているそれで――そんな彼を見て、ナタリーは思わず。

「汚れているだなんて。私は思いませんわ」

「え……」

「誰《だれ》しも、取り返しのつかないことや仕方のないことはありますもの。完璧《かんぺき》な人間なんていません」

ナタリーの頭の中に、公爵《こうしゃく》家で暮らしていた頃の様々な思い出が浮《う》かんでくる。エドワードがいったい何をもって汚れていると言っているのかは、あくまで想像になってしまうが、それでもあの母子の件だって――彼なりに最善を考えたまで。

「エドワード様は、民《たみ》たちが楽しく暮らしているのを見て、本当に嬉《うれ》しそうな表情をしていて。輝《かがや》いていましたわ！」

ナタリーの顔を見るエドワードは呆気《あっけ》に取られている。そんなエドワードに言葉が届くように心を込めて。

「私、これでも視力には自信がありまして！　ほら、遠くの枝で休む小鳥も見えますもの！」

広場にある木をナタリーが指させば、そこには数羽《すうわ》の小鳥がいた。ナタリーの気迫《きはく》に、呆然《ぼうぜん》としていたエドワードもその小鳥に目を向け微笑《ほほえ》んだ。

「ナタリー、ありがとう」

「ど、どういたしまして？」

「ねえ、ナタリー」

「は、はい……」

少し空いていた隙間《すきま》を埋《う》めるように、エドワードがこちらに詰《つ》めてくる。気づけば彼と至近距離《きょり》に……綺麗《きれい》なエメラルドの瞳《ひとみ》と見つめ合うことになり――。

「僕は君が……好きだ」

「……へ？」

エドワードにそう言われるなんて思ってもおらず――ナタリーは、ぐるぐると混乱する。

確かにエドワードのことは嫌《きら》いではないが、彼との将来を考えられるのかというと全く考えたことがない。そもそも、エドワードの恋人《こいびと》というのはつまり王族に関《かか》わることを意味していて、ナタリーはその責任を負う覚悟《かくご》も持っていない。──不敬かもしれないが、このまま彼に曖昧《あいまい》な態度をとるのも失礼だろうと思い、おもむろに口を開く。

「私は、その思いに応《こた》えられませんわ。エドワード様との将来を、真剣《しんけん》に考えたことがなくて──その、不敬かもしれませんが……」

ナタリーが続けて「ごめんなさい」と言おうとすると、エドワードは嫌《いや》な顔をするでもなく……むしろ「ふふっ」と笑った。

「え、えっと……」

「……ふっ、ごめんね。僕のことを考えて正直に話してくれるナタリーを見て──またさらに好きになってしまったんだ」

「えっ⁉ な……」

「だから、君を振《ふ》り向かせるために──僕が思い続けるのはダメじゃないだろう？」

「へ……⁉」

あわあわと焦《あせ》っているナタリーに対して嬉《うれ》しそうに目を細めたのち、エドワードはハッと何かに気づいたように顔をあげる。

「ああ、もう日が暮れ始めているね」

「たっ、たしかに」

「今日はここまでにしよう。城へ戻《もど》ろうか」

「は、はい」

差し出された手にナタリーが手を重ねれば、パチンと、合図のようにエドワードが指を鳴らす。もう何度目かの視界の歪《ゆが》みが起きて——そんな中、景色の変化よりも温かい手や顔の熱さが気になってしまうナタリーだった。

「ナッ、ナタリィィ〜！」

お父様がいたのは、豪華《ごうか》なシャンデリアが輝く王城のエントランスだった。ナタリーがエドワードと来たのを見るや否《いな》や、突撃《とつげき》するような速さでナタリーを抱《だ》きしめる。もちろんエドワードから離《はな》すように、距離も取って。

「ほっほっほ。心配はいらぬと言ったんだがな」

「ふふ、微笑《ほほえ》ましいですわ」

生暖かい目線を国王と王妃《おうひ》から向けられている。何を話したかは分からないが、いつものお父様の振《ふ》る舞《ま》いが許されていることからして、楽しい会話をしたのかもしれない。だからきっと、あの目線はお父様の態度に引いていない目のはず……。

「お父様、私は無事ですわ」

「ううっ、こんなにも離れてしまうなんて。父さんの心臓いくつあっても足りないよ」

「ほ、ほほ。お、大げさですわ……」

ナタリーがお父様の態度に冷や汗《あせ》を流す中、国王が思い立ったように言葉を紡《つむ》ぐ。

「令嬢《れいじょう》よ、今日はエドワードと王都を楽しめたか？」

「はい！　とても」

「ほう。それは良かった」

父に抱きしめられながら、ナタリーが言った答えに満足しているようだ。頷《うなず》きながら
「もう夜になったから、滞在《たいざい》を許可しようと思ったのだがな。君の父に断固拒否《きょひ》されてな。

はっはっは」と、ちょっと怖《こわ》いことも言っていた。

「そ、そうなのですか」

「ああ、ペティグリューは裏表がないことがよく分かった。他《ほか》にも少しは見どころが……

あった気もするな」

「そう、なのですね？」

どこか歯切れが悪そうな国王に不安が募《つの》ったが、お父様に急《せ》かされるように、「早く帰らないと、母さんが心配するからっ！」と言われ。

「あら！　確かに」

「だろう？　で、ではっ。このたびはお招き頂き、誠《まこと》にありがとうございました」

お父様が帰りの挨拶《あいさつ》をすると、王族の面々が、見送ってくれた。だいぶ過分な親しい対応をされているような気もするが、そこはあまり深く考えすぎず、ナタリーは綺麗なカーテシーをして踵《きびす》を返す。

「うむ。気を付けてな」

「またね、ナタリー」

「お姉様、またね～！」

「え、ええ」

第三王子の言葉にお父様の耳がぴくぴくっと動いた気がするが、どうにかやり過ごし、お父様と共にペティグリュー家の馬車に乗り込むのであった。

そうして城からナタリーの姿が見えなくなると。

「っふ、あの家は面白いな。なにより、損益よりも娘《むすめ》を大切にするようでの。エドワード、心してかからねばなるまいぞ？」

「ええ、もちろんです」

「ほう、そうか。それなら、いいのだ」

現王としてではなく——腹の底が見えない、父と息子《むすこ》のそんな会話があったとか。

「あなた！　ナタリー！　おかえりなさい」

「お嬢様《じょうさま》！　おかえりなさいませ」

屋敷《やしき》では夜遅《よるおそ》くまで起きていたお母様と使用人たちが出迎《でむか》えてくれた。一日しか経《た》っていないが、やっと帰ってきた気がする。「ただいま」の挨拶をして、自分の部屋へと戻る中。

「閣下は、まだ起きていないわよね？」

「はい……」

「そう……」

自室前でミーナにそう聞けば、どこか予想していた答えが返ってきて、暗く沈《しず》んだ気持ちが生まれる。

「今日は最後に、閣下の様子を見て寝《ね》ようかしら」

「それならば、ご案内しますね」

「ええ、お願い」

うなされている彼ばかり見ているから――どうにか安眠《あんみん》できるように何かできたら、そう思ってナタリーはミーナと共にユリウスが眠《ねむ》っている部屋に向かう。そこには、相変わらずまぶたを閉じて眉《まゆ》をひそめる彼の姿が見えた。そんなユリウスをすぐ側の椅子《いす》に座って見守りながら、ナタリーはこれまでのことを再び思い返した。

（ここ数日は、本当に激動だったわ）

そもそも、エドワードに告白されたこともまるで夢のようでどこか現実味がない。というのも、やっと両親を助けられたというのに──心に靄《もや》がかかったままだからだ。時が戻ってからずっと、時間があればお母様とお父様を助ける手段ばかり考えていて、その悲願が成就《じょうじゅ》して嬉《うれ》しいはずなのに──素直《すなお》に喜べないのはユリウスがこんな状態だからだろう。結局ユリウスがどうしてあの時お父様を助けてくれたのか、まだ聞けていない。こうして眠るユリウスを見ても、赦《ゆる》せないと思うのに、憎《にく》いという感情がわかないのはどうしてだろう。彼がまるで別人のようになってしまったからだろうか。

（そもそも、閣下のことを……私、あまり知らなかったわ）

ユリウスのことを考えていれば、ナタリー自身、彼のことをあまり知らないと気づく。エドワードが言っていた「可能性を見殺しにする」というのは、自分にも当てはまることなのだ。ナタリーは冷酷《れいこく》な夫ではない彼を知るのが──怖い。だからその可能性から目を逸《そ》らしてしまう。

「……ナ、タリー……き」

「え？」

ずっと考え込んでいれば、突然《とつぜん》自分の名前を呼ばれた気がした。確かめようとユリウスに近づけば、彼は目をつぶりながらも確かに「ナタリー」と繰《く》り返し、かすれるような声を出していたのだ。

「どうしましたの？　苦しいのですかっ？」

助けを求められているのかと思い、声をかけながら言葉をよく聞き取ろうと――もっと近づけば。

「……リ、アム、お……か」

「……リアム？」

その名前をナタリーはよく知っている。だが、口に出したのは今が初めてかもしれない――その名前を認識《にんしき》した瞬間《しゅんかん》、言葉を上手《うま》く喋《しゃべ》ることができないほど、身体《からだ》が震《ふる》え始めた。それ以外の言葉はよく聞き取れなかったが――そんなこと関係なくて。

(どうして、私が産んだ子の名前を目の前の閣下が、つぶやいているの……？)

ありえないものを見たように、大きく目を開けてユリウスの顔を見れば、ずっと待ち望んでいたはずの――彼のまぶたがうっすらと開き、目がちゃんと合った。

「――っ、お身体は――」

ユリウスと目が合った瞬間、信じられないという感情が心を埋《う》め尽《つ》くす。しかし、そうした思いを一旦抑《いったんおさ》えて――患者《かんじゃ》であるユリウスに言葉をかけようと近づけば。

「き、みのえがおを……」

「え？」

完全に回復したわけではなかったのか。そのまま、力尽《ちからつ》きるように彼はまぶたを再び閉じ眠ってしまう。聞こえるのは穏《おだ》やかな呼吸音のみだった。

呆然としているナタリーを不思議に思ったのか、部屋の隅で控えていたミーナが声をかけてきた。

「お、お嬢様っ！　ど、どうしたんですか？」

「閣下が、目を覚まして……」

「えっ！」

どこか身構えていた身体の力がゆるゆると抜けていった。一方そうしたナタリーの思いを知らず、ユリウスを凝視《ぎょうし》するミーナは「うーん、でも今はまた眠ってしまったんですね」とユリウスが起きてないことを確認していた。

「重傷を負ったとのことでしたから。また明日、お部屋に来ましょうか。お嬢様」

「え、ええ」

「お嬢様もお休みになって、身体を大事になさらないと！」

結局、ユリウスが再び眠ってしまったことによって、話すのはまたの機会にとなった。

ミーナからも、「夜更《よふ》かしは、身体によくありませんからっ！」と口酸《くちす》っぱく言われ、背中を押されるように自室へ戻《もど》って、ナタリーも就寝《しゅうしん》する。頭の中が混乱し、どこか寝つきにくい思いを抱《かか》えながらも、まぶたを閉じて、ナタリーは眠るのに集中した。


三日ほどの時をかけて、ユリウスはしっかりと意識を取り戻していった。そして、ナタリーもまたお見舞《みま》いという形で、彼の部屋に向かう。

「あ、その。迷惑《めいわく》をかけたようだ、な、すまない」

彼が休む部屋に行けば――入ってきたナタリーを見た瞬間。ユリウスは、視線を落として申し訳なさそうにしていた。そんな彼の近くにある椅子《いす》に、腰《こし》かけながら。

「い、いえ。むしろ、こちらこそお父様の命を助けてくださり」

「……騎士《きし》として、すべきことをしたまでだ。重く考えなくともいい」

なぜだろう、彼が寝ながらつぶやいた言葉を聞いた日からユリウスの側《そば》に行くと、手が震えてしまう。抑えようにも難しくて、そんな震えを隠《かく》すように両手をきゅっと握《にぎ》り合わせる。ユリウスから騎士として当たり前だと言われたが、そんなことはないと思う。

騎士だからといって、君主でもないナタリーの父を優先するのは――あまり考えられない。そもそもお父様だって武装していたのだから、本来は自分の身は自分で守らないといけない――それが戦争なのだ。

「いいえ、閣下の行動は軽いことではありませんわ。改めて、本当にお父様を助けてくださりありがとうございます」

「お父上には、怪我《けが》はなかったか？」

「え、ええ」

「そうか。良かった」

ナタリーの言葉に返事をするユリウスは、どこか柔《やわ》らかい表情になっていて、ナタリーは自分の目を疑ってしまう。寝言の一件もあって、彼に対しては混乱することばかりなのだ。もし以前の彼なら、ナタリーのこと、ひいてはナタリーの家族のことなんて気に掛《か》けるはずがないのに。

現在、部屋にはユリウスと二人きりだ。ミーナは気を利《き》かせてなのか「お茶を！　お持ちしますね！」と言ったきり、未《いま》だに戻らないので、二人の会話が途《と》切《ぎ》れると無音の空間ができあがる。彼に聞きたいことはあるのに、知りたくない自分もいて、口を開けては閉じるのを繰り返してしまっていた。ユリウスも、話が得意といった雰囲気《ふんいき》はなくて――余計、重い空気感になってしまう。

(聞かないと分からないままよ。そんなのでいいの？)

自分を鼓舞《こぶ》するように、気合いを入れてナタリーは口を開く。

「……閣下、お尋《たず》ねしてもよろしいでしょうか」

「あ、ああ」

先ほどよりも、強く両手を握り合わせて、ユリウスの顔を見る。

「リアムという名前をご存知でしょうか？」

「……っ！」

「閣下が、眠っておられるときにつぶやいていた名前で、私は、私は……」

ベッドに座るユリウスが、息を呑《の》んだのがわかる。ナタリーの言葉の続きを、目を離《はな》さないように、待っていて。

「変かもしれませんが、私はその名前の子どもを――産んだ記憶《きおく》がございます」

「そっ……」

「突拍子《とっぴょうし》もありませんが、閣下は――今とは別の記憶をお持ちなのでしょうか」

「……っ」

力を振《ふ》り絞《しぼ》るようにナタリーはユリウスに言い募《つの》った。ナタリーの言葉に、ユリウスは答えを言わず――無言で、ナタリーを何度も確認するようにパチパチとまぶたを閉じたり開いたり、とても言いにくそうにしている。それが――何よりの答えな気がした。

「ウソはつかないでください」

「……」

「どうか、教えてくださいませんか」

たとえ、雰囲気で察しても——ユリウスの言葉を待つ。判決を待つ囚人《しゅうじん》のように一時も緩《ゆる》まる時がなくて、息苦しいそんな時間。硬《かた》い表情のナタリーを気遣《きづか》ってか、ユリウスは何かを決めたように「ふう」と一息ついた。

「ああ、俺は——リアムという息子《むすこ》の名前を覚えている。そして、君と結婚《けっこん》した記憶ももちろん……だ」

「っ！」

その言葉を聞いた瞬間、背筋が凍《こお》る。どうして、なんで、そんなことがあるのか、と。ありえないものを目にした気がして、ナタリーの口から出る言葉は震えてしまう。

「す、すべて、ですか？」

「……ああ、記憶にいる奴《やつ》と同じ人間だ」

「そ、そん、なっ」

神様の悪戯《いたずら》なのだろうか。ユリウスも記憶を持ったまま、ナタリーが死ぬ前に、過去に戻っていたなんて——震えているせいなのか、開いた口がふさがらない。ユリウスもまた、何かに耐《た》えるように眉間《みけん》に力を入れて、難しい顔で暗い声を出した。

「俺は、君を苦しめた——人間だ」

　ユリウスの話した内容はナタリーの頭から温度をサーッと奪《うば》う。自分の意識をはっきりさせるために歯をきゅっと嚙《か》みしめて、目の前の彼に相対する。脳裏《のうり》の片隅《かたすみ》に、何度も自分を助けてくれたユリウスがちらつけばちらつくほど、感情がぐちゃぐちゃになってしまい――ナタリーは自分の口から出る言葉が止められなくなっていた。

「……楽しかったです、か？」

「え？」

「何も分からない私を、手のひらの上で転がしていたの……ですか？」

「いや、それはっ」

　恐怖《きょうふ》、疑問、悲しみ、怒《いか》り……やるせない気持ちがどんどん溢《あふ》れてきて。彼はどうして自分をわざわざ助けたのだろうか。意味が分からなくて、混乱で、そんな感情から目に熱が集まっているような気がする。

「それとも今更《いまさら》、憐《あわ》れに思ったのですか……？」

「…………」

「何もかもを失った女に、施《ほどこ》しを与《あた》えて……いい気分になりたかったのですか？」

「……っ」

　ユリウスは、何かを堪《こら》えるように、黙《だま》るのみ。

「ああ、もしかして、最後に意思を汲《く》まないっておっしゃってましたものね。こうやって、助ける素振《そぶ》りを見せて、今度こそ意のままにしたかったのですか？」

「そんなことはっ」

「では、どうして、助けたのですかっ！　どうしてっ！」

何か言い返してくれればいいのに、ユリウスは全くそんなことをせず、むしろナタリーの言葉を受け入れていて――言葉を発しても、すぐに途切れてしまう。そんな彼の態度が、余計にナタリーを刺激《しげき》していた。

「私、言いましたよね。あなたのことが、大嫌《だいきら》いと、憎《にく》むと」

「……ああ」

「っ！　ゆるしません、あの日々のことを、私はっ私はっ」

ナタリーはユリウスが座るベッドのシーツを摑《つか》む。彼のことで泣くものか、と涙《なみだ》をこらえキッと睨《にら》みつければ、ユリウスは今までナタリーが見たことのない顔になっていて。

「……ああ、俺は……赦《ゆる》されない」

彼はどこまでも暗く、威勢《いせい》もなく。そう言葉を紡《つむ》いだ。

（どうして――）

ユリウスは〝自分は赦されない〟と言い、眉《まゆ》をひそめている。まだ体調が万全《ばんぜん》ではないため、顔に力が入っていないのか。まるで泣くのを堪《こら》え、そして下を向いて隠すのに、必死になっているように見えた。

泣きたいのはこっちなのに、そう感情的になりながらも、ナタリーは頭ではわかっていた。赦せないことと――助けてくれたことは別だと。でも、それ以上にどうしようもない、行き場のない感情が渦巻《うずま》く。そしてユリウスは、罪を受け入れているのか謝らないので、素直《すなお》に感謝もしづらい。

ユリウスの言葉を最後に、二人の間に沈黙《ちんもく》が訪《おとず》れる。そんな沈黙を破るように、軽快なノックが響《ひび》いてガチャっと扉《とびら》が開かれた。

「お嬢様《じょうさま》〜！　お茶の準備が完了《かんりょう》しました！　それと公爵《こうしゃく》様には、消化にいいものをお持ちし……え〜っと」

入ってきたのは、ミーナだった。いつものように、準備ができて忙《せわ》しなく行動していたのだろう。だが、その行動がナタリーにとって救いになった。どこか、部屋の中の雰囲気に戸惑《とまど》いを見せるミーナに。

「ミーナ、準備ありがとうね」

「は、はいっ！」

「ただ、私はちょっとお腹《なか》がいっぱいで――閣下に、おもてなしをしてあげて？」

「えっ、ええっ！」

困惑《こんわく》が止まらないミーナの言葉にナタリーは反応できず。無理やり作った笑顔《えがお》を向け。

「では、閣下。私はこれにて失礼いたしますわ」

「あ、ああ」

とてもじゃないが、ユリウスと楽しくお茶なんてできる自信がない。ミーナには申し訳ないが、あとで謝るので許してほしいと、そう考えて。

「お、おじょうさまぁ〜〜！」

明らかに待ったの声を上げるミーナとは、別の方向へ足を向ける。そうして扉から出て行く、その間際《まぎわ》に見たユリウスがまるで叱《しか》られている子犬のように見えたなんて、そんなはずがないと――どこか心にチクチクとした違和感《いわかん》を持ちながら、ナタリーは自室へ帰ったのだ。


あれから、一週間ほど経《た》ち――微妙《びみょう》な別れ方をしたユリウスと顔を合わせるのは気まずく、ナタリーは無意識のうちに遠ざけてしまっていた。また時が経つにつれて頭に上《のぼ》っていた熱が冷め、冷静になってみると、昏睡《こんすい》から目覚めて間もない相手に言い過ぎたと感じていた。

もう彼のしたことは忘れるべきか、いや、本当にそれでいいのか、という思いに急《せ》かされていた。今日も自室で頬杖《ほおづえ》をつき、「はあ」と行き場のないため息をつく。ナタリーの両親から、ユリウスは身体《からだ》が良くなるまではゆっくり過ごしてほしいと言われているだろう。そしてきっとユリウスは、日に日に体力を回復していって、そのまま国に帰るはず。

（いいじゃない、お互《たが》い傷つかなくて済むし――）

そんなことを考えては、ナタリーに責められて暗い顔をしていたユリウスが思い出され、胸がまたもチクッと痛む。それは、今まで助けてくれた彼に対する罪悪感のようなものであった。ぐるぐると矛盾《むじゅん》した自分の感情と闘《たたか》っていれば――。

「ナタリー？　入ってもいいかしら」

「お、お母様！　は、はい」

部屋のノックと共に、お母様の声が聞こえてきた。そしてナタリーの返事を聞いたのち、中へ入ってきたお母様は、「あらあら！　まあ」と驚《おどろ》いた様子だった。

「ナタリー。元気がないわね？」

「うっ、心配をかけてしまい、ごめんなさい」

そんなナタリーを元気づけようと思ってか、お母様はゆっくりと近づいてきてナタリーの頭をよしよしと撫《な》でてくれる。

「今日はいいお天気なのに。ナタリーの所だけ雨が降っていそうね。ふふ、冗談《じょうだん》だけれども」

「お、お母様……」

「やっぱり、こんなお出かけ日和《びより》に何もしないなんて。少しもったいない気がしちゃうわよね……」

「へ？」

お母様はナタリーの頭から手をずらして、今度はナタリーの両手を包み込むようにもって、花が咲《さ》いたようににっこりと笑い「ミーナっ！　支度《したく》の手伝いを～！」と声をあげたかと思えば。

「はいっ、奥様！　お出かけの準備ですね！」

「ええ、動きやすいようにお願いね」

「承知しました！　動きやすく、綺麗《きれい》にお嬢様を着飾ってみせますっ！」

「ミ、ミーナっ⁉　お、お母様！　これはいったい……」

部屋から出て行くお母様と交代するように、ミーナが入ってきた。そして待ってましたと言わんばかりの勢いで来たので、すがるようにお母様を見ても、ナタリーの疑問には、笑顔しか返ってこず――そのまま、他《ほか》の使用人の手も加わってあれよあれよという間に、ナタリーは出かける格好になっていた。

「え？　え？」

「さっ！　お嬢様！　こちらです～！」

「ちょ、ちょっと～！」

　ミーナに背中を押されるように、案内されれば玄関《げんかん》に着いてしまい、そこでナタリーは目を瞠《みは》ることになる。なぜなら、お母様以外にずっと避《さ》けていたユリウスが立っていたから――。

「あら～！　今日も素敵《すてき》よ、ナタリー」

「お母様、えっとこれは」

「ふふっ。公爵様にも今ご提案して、承諾《しょうだく》を貰《もら》ったばかりなの～！」

「そ、そのご夫人。案内人というのは……」

　お母様と話しているユリウスは、ナタリーの登場は予想外だったのか……かなり慌《あわ》てている。あの怪我《けが》からだいぶ回復したのか、ユリウスは歩けるようになったようだ。しかも、本日は騎士の姿ではなく――品のいいシャツを軽く着こなしていた。まるでこれから出かけるような……。

「公爵様がだいぶ回復されたようだから。気晴らしやリハビリも兼《か》ねて、ペティグリュー領の観光をご提案したのよ」

「そ、そうですの」

「そうなの～！　その時にね、私閃《ひらめ》いちゃって！」

　ナタリーは、悪い予想が頭をよぎり冷や汗《あせ》を流す。しかし、どうか違《ちが》っていてと願う思いも空《むな》しく。

「ナタリーは幼い頃《ころ》から、ペティグリュー領を見て回っていたでしょう？」

「え、ええ」

「ね？　だから、公爵様を案内する人としてぴったりだと思ってね！」

「ご、ご夫人。その、俺は別に……」

「しかも、公爵様はお強いから護衛の心配もいらないじゃない？　まあ、ここは……のどかな街ですから要《い》らない気もするけれど」

　お父様の暴走ではなく、お母様の暴走にナタリーの思考は追いつけなくなっていく。そんなお母様の後ろには、なぜか満足げなミーナがいて、その瞳《ひとみ》は、舞踏《ぶとう》会前によく見たもので……。

「あら！　公爵様。うちのナタリーでは、ご不満でした？」

「い、いえっ！　そんなことはっ」

「まあ！　よかったですわ」

　お母様の表情はどこか確信犯なそれになる。ユリウスの了解《りょうかい》を得たのち、ナタリーの方へ抱《だ》きしめるように近づき、耳元で小さな声をかけてきた。

「ナタリー、公爵様と何かあったのよね？　モヤモヤしたことは、ため込んでは毒よ」

「え」

　ナタリーはお母様の気遣《きづか》う声にハッとなる。どうやらお母様にも気づかれるほど、ナタリーはユリウスを避けてしまっていたようだ。もちろん、そんなナタリーの事情をより詳《くわ》しくお母様が知っているのは……玄関の隅《すみ》でこちらにウィンクをしているミーナの報告もあるのだろうけど。

（本当に、ミーナはできる侍女《じじょ》ね……）

ミーナに変な感心をしていれば、お母様が最後にと言葉を伝えてくる。

「堅《かた》いことを言ったけど、せっかくのいい天気だから、ナタリーも気分転換《てんかん》してきてね」

「お母様……」

「もし本当に嫌《いや》だったら、いつでも帰ってきていいわ。だから、構えず気楽にね？」

そうしてお母様に応援《おうえん》されるように、扉《とびら》の方へ送られるユリウスとナタリー。用意周到《よういしゅうとう》な使用人たちも扉を開けてくれて、暖かな日差しの中へ二人は歩み出す。

「いってらっしゃ〜い！」

「いってらっしゃいませ」

「ん？　ナタリーと公爵《こうしゃく》様、どうして外へ」

見送りの挨拶《あいさつ》が終わった後に、何も事情を知らなそうなお父様がひょっこりと階段を下りてきていた。

「あら、あなた……私たちはテラスでお茶でも飲みましょうか」

「えっ、それはもちろん。いや、それより、二人はどこに……えっ」

お母様と使用人の守りによってお父様は遠ざけられて行き「どういうことなんだ。ああ、ナタリ～、やだよう～～やだ～」というお父様の叫《さけ》び声が聞こえたのだが、無情にもペティグリュー家の扉はバタンと閉じられた。あまりの怒濤《どとう》の勢いによってユリウスに対しての思いは頭から抜《ぬ》け、ナタリーは震《ふる》えよりも先にユリウスと共にポカーンと、閉じられた扉を見つめて――。

「えっと、ご案内いたします……ね？」

「……あ、ああ。ありがとう。お願いする」

「は、はい。そうしましたら……ここでは長い歴史を持つ遺跡《いせき》と、見晴らしのいい高台が名所なのですよ。まずは遺跡にでも――」

場の空気がヘンテコになりながらもナタリーは、ユリウスをペティグリュー領にある遺跡に案内しようと、一緒《いっしょ》に歩き出す。遺跡は街を通り過ぎ、山を少し登ったところにあるので散歩にはちょうどいいかもしれない。

（お母様に言われた通り、気分転換も大事よね？）

ユリウスとこうして歩くなんて、夢にも思っていなかったためか、どこか現実味が薄《うす》く感じる。思考も曖昧《あいまい》な中、ユリウスを案内するのは無難なことだと自分に言い聞かせて、深く考えすぎないように歩き続けていれば。

「すみません、お、お尋《たず》ねしたいことがありましてぇ」

しわがれた声が聞こえてきたので、ナタリーはそちらへ振《ふ》り向く。そこには領民たちと似た服を着た――老いた男性が困ったように眉尻《まゆじり》を下げている様子があった。どうやら、道に迷っていたようだ。

「え、ええ。どうかしましたか？」

「いやぁ、領主さまのお屋敷《やしき》はどこにあるのか、ご、ご存知でしょうかぁ」

「お父様の？　失礼ですが、何かご用事でも」

ナタリーが「お父様」と言ったのに対して、目の前の老人は大げさなくらいに驚《おどろ》き「おや～、領主さまのお嬢様《じょうさま》でしたかぁ。これは無礼を……」と申し訳なさそうにしながらも、ナタリーの方へ歩み寄る。そしてナタリーが一歩下がると彼もまた一歩近づいてきた。

（異国の礼儀《れいぎ》なのかしら。それにしても）

人を見かけで判断してはいけないと思いながらも、この老人に不気味さを感じる。というのも、視線が合うものの全く感情を汲《く》み取れないのだ。またその瞳を見ていると、ぞくりとした寒気も感じてしまう始末で。

「領主さまにご挨拶を、と思いましてねぇ。風の噂ですが、こちらの領地には不可思議な魔法があると伺いましてぇ……学者気質なもので、居ても立っても居られず、最近ここへ引っ越してきたんですよぉ」

「そ、そうでしたの」

「いやぁ、今日は本当についてましたぁ。聞いてはいたので場所はなんとなく、思い出せそうなのですが」

ここまで物理的に距離《きょり》を縮めて話そうとしてくるのは——領主に挨拶をしたいほど、彼が律儀《りちぎ》な領民ゆえなのだろうか。それとも実はお父様の客人だから、親しみを込めてなのだろうか。そう考えていれば、老人がいつの間にかだいぶ近い距離に立っていることに気が付く。そしてナタリーの目の前で止まったかと思うと。

「ああ！　そうでしたぁ。お嬢様にも、ご挨拶を」

突然《とつぜん》、大きな声を出してナタリーの手を摑《つか》もうとした——その瞬間《しゅんかん》。

「ご老人。こちらの国の礼儀を知らないのかもしれないが——ご令嬢に、無礼だ」

逞《たくま》しいユリウスの手が、老人の腕《うで》を遮《さえぎ》るように摑もうとした。その気配を感じたのか、老人は素早《すばや》く自身の腕を引っ込めるのと同時に、ユリウスを見ながら「ひ、ひぃっ」と恐《おそ》れるような声を出す。そして老人が離《はな》れていく間際《まぎわ》、ぞわりとした嫌な感覚が無くなったのと——ユリウスから魔力《まりょく》を感じる。

（あら——閣下、もしかして魔法を？）

ユリウスが何のために魔法を使ったのか、疑問を抱《いだ》いていれば——老人はそのまま素早く謝罪をし、ナタリーとユリウスから距離を取る。

「いやぁ、歳《とし》をとると、うっかりが多くて。あ、ああ～場所をなんとなく、思い出してきましたよぉ」

　急にそんなことを言った老人は、挨拶も告げず――すぐさま足早に歩き出して、まるで二人から逃《に》げるように、違う方向へと立ち去った。

「怪我《けが》は、ない……な？」

「え、ええ」

「あの老人の身体《からだ》から、魔法の気配を少し感じて――間に入った。もし、彼と話すつもりだったのなら……邪魔《じゃま》してすまなかった」

「ま、まあ。そうでしたのね。いえ、むしろ戸惑《とまど》っていましたから……ありがとうございます」

（まさか、閣下だけでなく……ご老人の方も魔法を……？）

　ナタリーは自分が感じた寒気を思い出す。もしかして、あの嫌な感じが何かの魔法だったのだろうか。ユリウスは老人が去った方を訝《いぶか》しむように眉間《みけん》に皺《しわ》を寄せて見つめながら、ナタリーの身を案じてくる。

「その、閣下も魔法をお使いに……？」

「ああ。俺の魔法は物質や自分の身体に作用するから……ご令嬢にご老人の魔法が及《およ》ぶ前に、弾《はじ》こうと思ったんだが――く……」

「閣下!?」

「だ、大丈夫《だいじょうぶ》だ」

ナタリーと会話をしていたユリウスが、急に身体をふらつかせて体勢を立て直す。よく見れば、髪《かみ》や手で顔を隠《かく》していて見えづらいが――だいぶ顔色が青白くなっている。

(身体に新たな怪我は負われてないようだけど……まだ万全《ばんぜん》な状態じゃなかったのだわ)

「閣下、ご無理をさせてしまい申し訳ありません……」

「君が謝ることでは――」

「体調を崩《くず》されているのに気が付かなくて……あそこの芝生《しばふ》なら、ゆっくりと休めそうですから――」

「いや、俺のことは気にせず――」

遠慮《えんりょ》しているユリウスに、つい、やきもきして――ナタリーは、前のめりに休憩《きゅうけい》の提案をした。まだ怪我の治療《ちりょう》中のユリウスに、自分のせいで無理をさせたくはない。もちろん、ユリウスに対して思うところはあるのだが、弱っている人を見るとお節介《せっかい》な質《たち》が出てしまうのだから仕方がない。……いや、本当にそれだけなのだろうか？

(なんだか、また胸がもやもやするわ)

自分の気持ちに生まれた疑問を振り払《はら》うように、ぶんぶんと首を振る。そして意を決して、ナタリーは再度ユリウスと目を合わせ、口をしっかりと開いた。

「私も、ちょうど休憩したいと思っておりましたの。だから、行きませんか？」

「そ、そうか。それなら……」

ナタリーを気遣《きづか》ってなのか、まだ遠慮がちなユリウスと共に、街道《かいどう》から少し外れたところにあるふかふかな芝生へ向かった。そして手本を見せるようにナタリーが先に芝生へ、ストンと座り込む。その様子を見たユリウスは、おどおどと戸惑っている雰囲気《ふんいき》だった。

「隣《となり》が空いておりますので、閣下が座るのに抵抗《ていこう》がありませんのでしたら――」

「ありがとう……失礼する」

迷っていたユリウスに声をかければ、ピクッと反応して――そのまま、ナタリーの隣へ腰《こし》を下ろす。その動作を見ながら、ユリウスの身体に視線をやれば――均整の取れた美しい肉体が服越《ご》しからも分かり、傷が開いていたり、出血している様子はなかった。腰を下ろしたユリウスは「ふぅ」と一息をついているようだ。

「お怪我はなさそうですが――どこか具合が悪く……？」

「いや……」

「ですが――」

「きっと、今日までの間身体を動かしてなかったから――体力が落ちていたのだろう」

「そう、ですか」

確かにユリウスは長いこと眠《ねむ》っていたのだから、体力が減っていてもおかしくはない。しかし、魔法を使った後に顔色が悪くなったような気がして――もう一度確認《かくにん》するように、ユリウスへ目を向ける。すると、先ほどよりは顔に生気が戻《もど》っているように見えて、呼吸も安定しているようだ。

(やっぱり、リハビリが早すぎたのかしら)

そう結論付けようとした時、ふと、目覚めたユリウスをきつい言葉で責めすぎてしまった自分を思い出す。意識を取り戻したばかりだったのに、精神に負担をかけてしまったのかもしれない。病は気からとも言うように——ユリウスは怪我とは別に病気を患《わずら》ってしまったのだろうか。悪い想像が頭を駆《か》け巡《めぐ》って、居ても立っても居られなくなったナタリーは、切羽《せっぱ》詰《つ》まったように口を開いて。

「閣下っ!」

「な、なんだ?」

「もしかして、気を病《や》まれておられますか?」

「ん?」

「その……閣下が目を覚ましたばかりの時、私がたくさんお話を……」

「ああ、なるほど……」

ユリウスはあの時を思い出すように、顎《あご》に手を当てている。そしてすぐに、ナタリーの方へ視線を向けると。

「君は、悪くない」

「え？」

「たとえ、気を病んで心身に不調が出ようとも――俺の責任だ」

「……」

きっぱりと言い切ってくるのを聞いて、ナタリーは眉《まゆ》をひそめる。ひそめてしまう原因はユリウスの態度だった。すべてを割り切り、許容する態度を見ると、ユリウスを見てうだうだと考え込んでしまう自分は空回りしているように思えて、苦虫を嚙み潰《つぶ》したような気分になる。そして気づいたら、やけになったように口が止まらなくなっていた。

「閣下は心がお強いのですね！」

「……？」

「私は閣下のことで悩《なや》み続けていたのに……精神力の違いなのでしょうか」

本当はこんなふうにチクチクと責めるつもりなんてなかったのに、自分では制御《せいぎょ》できない感情が渦巻《うずま》く。ユリウスと一緒《いっしょ》にいるといつもこうだ。こうして感情に呑《の》まれている自分こそ見苦しく、やめたいと思っているのに。自分が情けなくなって、ナタリーが奥歯をきゅっと嚙《か》んでいれば、ユリウスの低い声が聞こえてくる。

「俺は、強くなどない」

「……ご謙遜《けんそん》でしょうか？」

「謙遜などでは……俺の言葉で君を悩ませ、不快にしてしまったのならすまない」

またただ。彼の言葉を聞くと自分が器《うつわ》の小さい人間な気がしてしまって、胸に痛みが走った。ユリウスの言葉に返事をせずに下を向いていれば、ぽつりとユリウスが声を漏《も》らした。

「……俺は、自信がないんだ」

突然《とつぜん》言われた内容に聞き間違《まちが》いかと思い、反射的に彼の顔を見ると眉を八の字にしていた。そんな彼の顔を見たことによって、すぐに言い返すことができなくなってしまう。

「君もよく知っているかもしれないが、俺は周りに害をなす……だから――」

「だから、黙《だま》って耐《た》えるのが正しいと思っているのですか？」

ナタリーが問いかけるように声をかければ、ユリウスは驚《おどろ》いたようにナタリーを見つめていた。そんな彼に、ナタリーは言葉を紡《つむ》ぐ。

「言いたくないことを無理に言えとは、思いませんが――」

「……」

「その……そういう閣下を見ていると――負けた気がするんです！」

「え」

キリッとした表情でナタリーがユリウスに言葉を投げれば、まさかそう言われるとは思わなかったようで、ユリウスは虚《きょ》を衝《つ》かれたような様子だった。

「だって閣下は盗賊《とうぞく》も、騎士《きし》も、敵兵も軽々と退かせることができますわ。精神力がなければそうした武力だって、身につかないと思いませんか？」

「……」

「私はそうした閣下を強いと認めていて――負けたくないと思っているんです！」

ナタリーは心の中に燃えた火と共に、勢いよくユリウスに言葉を告げる。

「だから！　私は閣下に再戦を申し込みますわっ！」

「さ、再戦？」

「ええ、気がついたらもう日が暮れてしまって――このままでは、誇《ほこ》りに思う領地を案内できなかったことに後悔《こうかい》が残りますわ……だから案内の再戦をしたいんですの」

あの不気味な老人と話し、ユリウスと芝生に座っていたら――あっという間に時間が過ぎてしまっていた。出発したのが昼過ぎだったこともあって、気づけばすっかり夕暮れ時だ。このまま屋敷《やしき》に帰って、自分の心に蓋《ふた》をしてやり過ごす方法もあったのかもしれない。しかしそれができなくて、日がなモヤモヤし続けたのだ。今回はユリウスの身体《からだ》が本調子ではないから、仕切り直した方がいいだろう。そもそもマルクが迎《むか》えに来て同盟国・セントシュバルツに帰ってしまう可能性だってある。だからこそ、今約束をするのだ――今世のユリウス・ファングレーという人物なら、約束を守ってくれそうな気がするから。

（そう、これは心の戦いですわ……！）

不完全燃焼の案内に対して、そして彼が弱っている姿にやきもきしたから再戦を申し込んだのであって――いわゆるこれはライバルへの宣戦布告というかリベンジというか。そういう意味なのだから、他の気持ちなんてないのだと、ナタリーは首をぶんぶんと振った。

「もうこの際、貴族マナーなんて無視ですわ！　周りが何と言おうと、私が再戦したいから閣下にこう言っているんですの！」

伯爵令嬢《はくしゃくれいじょう》だということを今更《いまさら》になって意識するが、ナタリーはすぐさまそんな意識をポイっと捨てた。今大事なのは、この胸の痛み、モヤモヤの解決なのだ。しかし人にここまで強気で話したことがなかったため、慣れないことをした照れが生まれてしまい――顔を斜《なな》め上に向けて顔色がバレないように隠《かく》した。

「ふ……」

「え？」

ナタリーが顔を背《そむ》けたとき、頭上から笑い声のような微《かす》かな音が聞こえて、視線をユリウスの顔に戻す。しかし彼の顔は、もう戻してしまったのか……目尻《めじり》が和《やわ》らいでいるものの特に笑顔《えがお》というわけではなかった。

「ご令嬢から戦いを挑《いど》まれたのは初めてだ」

「あ、あら、そうですの」

「案内が戦いだとは思わなかったが――ぜひその再戦を、俺は受けたい」

「っ！　言いましたわね、取り消し不可ですからね」

「ああ」

ユリウスの声が少し明るい声色《こわいろ》に変化していることがわかった。そしてナタリーもまた、自分の感情が先ほどから変化していることに気が付く。胸の痛みがだいぶ小さくなってい て、そんな自分に勇気づけられるように。

「そ、その！　再戦の手始めとして……帰り道に少しだけ名所が見える通りがあるので、そこを歩きながら帰りませんか？」

「……もちろん。ぜひ見てみたい」

ナタリーはそう返事をしたユリウスを伴《ともな》いながら、迷いなく進んでいく。ふと冷静になれば、自分が口に出したことに照れが生まれてしまって、道中はうまく喋《しゃべ》ることがままならないながらも、道なりに越《こ》えていく。すると開けた通り――目的の道に来たことが分かり、ナタリーはユリウスとの会話のきっかけを掴《つか》もうと遠くの山に指を向ける。

「あそこ……見えますか？」

ナタリーが指でさす方向に、ユリウスも視線を向け、「ああ、見えるが――」と言う。

二人が見つめる先には、ペティグリュー領の山があって――その中腹に、ひと際《きわ》大きな石造りの建物があることがわかる。

「あれは、だいぶ昔の――ご先祖様が暮らしていた遺跡《いせき》と言われていて、崩《くず》れてしまわないように、周りを魔法《まほう》の膜《まく》で覆《おお》っていますの」

「そう、か」

「ええ、ペティグリューの癒しの魔法は、正確には物質を維持《いじ》したり、修復したりする作用がある魔法なんですの。その効果を利用して、他《ほか》にも天候によって壊《こわ》れないように魔法をかけている所もあって――」

ペティグリュー家の癒《いや》しの魔法は――争いに向いていない。その代わりに、こうした保護などといった魔法に応用が利《き》いて、遺跡以外にも魔法をかけている場所がある。例えば、外に置かれている墓地などだ。死ぬ前――前回は、時間がなくてミーナに両親の墓の整備をお願いしていた。しかし結局、ナタリーがその墓を見ることは叶《かな》わなかった。

(でも、きっとミーナのことだから、きちんとしてくれたわ)

前回の無念もあるにはあるが、今はそれ以上にこうしてユリウスとペティグリューの道を歩いている……しかも屋敷まで一緒に帰っている事実に、一度目の人生とは、全く違う時間が流れていると強く実感する。両親やミーナが生きていて、ちゃんと〝戦争〟という悲惨《ひさん》な過去から変化したのだ。大切な人たちと話して、笑って――そんな何気ない日常が守られた。そして、その大切なものをユリウスが助けてくれたのも事実なのだ。

(私は、まだ閣下のこと――知らないのかもしれないわ)

盗賊や騎士から救ってくれたこと、舞踏《ぶとう》会で手当てをしてくれたこと。戦争で守ってくれたこと――以前の彼とは、違う行動をしているユリウスに視線を全く合わせないなんて、そんなのフェアじゃない。そう思う一方で、彼を赦《ゆる》せない気持ちがちくりと、胸の中で痛みを発症《はっしょう》する。しかし、ずっとその痛みで目を覆ってしまうのはナタリーの性分《しょうぶん》ではない。

だからこそ、痛みはあるけれど──まだその痛みとすべて向き合いきれるわけではないけれど──少しずつ、この痛みとそしてユリウスに向き合っていきたい。小さな決心に過ぎないのかもしれないが、ナタリーにとっては大きな一歩になっていた。最初の頃《ころ》よりも、幾分《いくぶん》か胸のつかえが軽くなったような、そんな気がしながらユリウスと一緒《いっしょ》にナタリーは慣れた足取りで屋敷へと帰っていくのだった──。

「ナタリィィ～！」

ユリウスと共に帰宅後。お父様の盛大なお出迎《でむか》えによって、どこか熱をもった──ぎこちなかった雰囲気《ふんいき》はぱっと消えた。屋敷に戻《もど》ってきてから、ユリウスとナタリーを見てお母様はどこか満足げに「あらあら」と微笑んでいた。ただ一方で、お父様からは、「何もおきなかったか!?」と根掘《ねほ》り葉掘り聞かれ。対応が大変だったのだが、ナタリーは久しぶりに慣れ親しんだ街へ外出ができて本当によかった、とそう思った。

（お母様、ミーナ。ありがとう）

お父様の心配という名の矢継《やつ》ぎ早な言葉を、ミーナが「旦那《だんな》様、まあまあ」と押しとどめて。表情が少し柔《やわ》らかくなったユリウスとも、挨拶《あいさつ》をし部屋へと戻ることとなった。

「お嬢様、ええ、ミーナは分かっておりますともっ！」

ミーナによって、寝《ね》る支度《したく》がされていく中で。きっと、お父様とは別にたくさん質問されるだろうと思って身構えていたのだが、どうやらミーナはすでに何かを察しているようで――。

「私は閣下に案内をしただけよ？」

「ええ、ええ。大丈夫《だいじょうぶ》ですっ！」

「そ、そう」

何も大丈夫には見えないけれど。程《ほど》よい疲労感《ひろうかん》と心のしこりが取れたナタリーは、ぐっすりと眠《ねむ》りにつくのだった。

第五章　地下遺跡の歪み

　ユリウスとの再戦を誓《ちか》い合った――お出かけがあった翌日。ナタリーの屋敷では、元気のいい声が響《ひび》いていた。

「ユリウス～！　回復したみたいだねぇ～！　いやあ、よかったよかった」

「……心配をかけたな」

「本当に！　そうだからねっ！　いつも、行くときは俺に一言って……」

「……すまない」

　戦争の処理が終わったのか副団長であるマルクが、ナタリーの屋敷《やしき》を訪問したのだ。そして、出会い頭《がしら》にナタリーの手を取って親しみを込めた挨拶をしようとして、彼はなにやらナタリーの背後を見て「アッ、いやあ。お久しぶりです。麗《うるわ》しいご令嬢っ！」と、どこか焦《あせ》ったように手を離《はな》したのだった。ナタリーが挨拶を返したのち、後ろを振《ふ》り向けば、ユリウスがいた。

（マルク様、いったいどうされたのかしら）

　態度の変化によって、特に問題は起きていないようだったので、そのまま笑顔を返すのみにとどめた。そうするとユリウスとマルクは、話し込むように何度かやり取りをし。

「身体《からだ》が治ったばかりで、心苦しいんだけどねえ、その」

「構わない。なんだ？」

「どうやら、療養中《りようよう》のユリウスのお母様だけど……」

和気あいあいと会話をしていた二人の空気が、重いものになっていた。屋敷の玄関《げんかん》だったため、ナタリーが立っている所からでは聞こえないものの、ずっと立ち話をさせるのも失礼だろう。応接室に案内しようと声をかけようとしたところ、先にユリウスがこちらを向いて。

「突然《とつぜん》のことだが、行かねばならない用事ができてしまって、な」

「っ！　そ、そうですの」

「マルクによれば、外に騎士《きし》団の団員がすでに待機しているようだから――後日、今回の滞在費《たいざい》やもてなしてくれた礼は――」

「えっ！　い、いりませんわっ」

マルクは騎士団の仕事のために訪《おとず》れたのだ。ユリウスは屋敷から出て行き、騎士に戻るのだろう。身体が治ったら、当たり前の――想定していたはずのことなのに、ここ数週間、一緒にいる時間が多かったせいもあり、ナタリーにとっては、ユリウスが出て行くことに少しの驚《おどろ》きがあった。

「それより、お身体は、大丈夫ですか？」

「ああ、十分に回復した。その……長く世話になった。本当に感謝する」

彼は、マルクに促《うなが》されるように身支度を始めている。ユリウスが、騎士団へ戻ると聞いて――お父様やお母様が見送りにやってきて、使用人たちもユリウスの帰り支度を手伝っているようだった。しかし、そもそも荷物という荷物はなかったためすぐに準備は整った。

「お気をつけて」

「ああ、ありがとう」

マルクと共に彼はペティグリュー家へ感謝を述べ、扉《とびら》から出て行く。彼の背中を見送ることに寂《さび》しさを――感じるのは、きっと一緒にいすぎたからだ。懐《なつ》いてくれた動物と離れるような、そんな寂しさなのだと自分に言い聞かせる。

（あら――？）

扉から出て行くユリウスの姿が、ふと目にとまる。なんだか、胸を押さえていたような。それも、痛みがあるのか少し顔色が悪い。――でもその表情を見たのは一瞬《いっしゅん》で、すぐに気を引き締《し》めた彼のいつもの顔に戻っていた。やっぱりまだ万全《ばんぜん》な体調ではないのかもしれない。

「お、お嬢様。きっとこの外套《がいとう》は、公爵《こうしゃく》様のってあれ？」

「あっ」

ミーナが、息を切らしながら黒い外套など、ユリウスの私物を持って来たのは——ちょうどもう屋敷から姿が見えなくなった頃だった。すっかり、返しそびれていた服の存在を今更《いまさら》思い出す。他《ほか》のことに気を取られて、いつも忘れてしまう自分に「もうっ！」と感じながらも、お父様にバレると事が大きくなりそうなため、ミーナにこっそりと仕舞《しま》ってもらうように頼《たの》んだ。

（今度こそ、今度こそよ！）

そんなナタリーの思いをよそに、ユリウスが率いる漆黒《しっこく》の騎士団は、ペティグリュー領から出て行ったのであった。

「うーん」

「どうしましたの、お父様？」

「ああ、ナタリーか」

ユリウスを見送ってから、幾日《いくにち》か過ぎ平穏《へいおん》な日常を送っている。そんな中お父様が朝食を終えても、ずっと席から立ち上がらず、唸《うな》っている様子が目に入った。お母様も、心配そうに「あなた、大丈夫ですか？」と窺《うかが》う視線を送っていて。

「心配をさせたくはないが、注意するに越《こ》したことはないな。うむ」

「え？」

ナタリーと妻からの視線を受けたお父様は、何かを逡巡《しゅんじゅん》したのち。口を開いた。

「どうやら、最近ペティグリュー領で不審《ふしん》な人物を見かける……と知らせを受けててな」

「……ま、まあ」

「いつもは、気兼《きが》ねなく街への外出を許可していたが——そうも言ってられないかもしれないな」

お母様が、不安げな声を出す中。ナタリーは、不審な人物——と聞いて、この前ユリウスと外出した時に出会った……あの不気味な老人のことを思い出していた。

(結局、お父様のところに来ていないようだし)

あれきり、あの老人とは会っていないが——。

「どうやら王城でもその人物の情報を集めているようでな」

「……そうなのですね」

「ああ、遭遇《そうぐう》したとの報告はあるんだが。会った者、全員が……どうしてか顔を全く思い出せないようなんだ」

「え？」

何かの魔法《まほう》の影響《えいきょう》かもしれないとお父様が話す。しかし、ナタリーは訝《いぶか》しげに首を捻《ひね》ってしまう。なぜなら、あの老人と出会ったら……寒気を感じてしまうほど得体が知れなく

て、間違《まちが》いなく、忘れるはずがないのに。しかもお父様の話では、「魔法の影響」だとも
——そういえば、ユリウスがあの時、魔法の気配を感じたと言っていたが。

「お父様。私、その不審な人物を知っているかもしれません」

あの時は、不気味ながらも客人かもしれないと思って……報告せずにいた。しかし、こういった話で現状、あの老人が屋敷に来ていないということは。そんな不可解な点から、お父様に声を掛ければ、見るからに大層驚いた表情になって。

「なっ！　なんだとっ！　大丈夫だったのか！　怪我《けが》はないかっ。これからは、父さんがずっと側《そば》に」

「あなた」

ナタリーのことになると表情を保っていられないのか、お父様はアワアワした様子になり、お母様は子どもを窘《たしな》めるような視線を送っている。そうして、お父様に促されるまま街で出会った不気味な老人のことを話せば。

「そうか……公爵様がいてくださって本当によかっ、た」

「本当に、そうねえ。あの時、一緒《いっしょ》にいてくださってよかったですわね。あなた」

「ぐっ、ぬっ」

どこか納得《なっとく》しきれない気持ちと闘《たたか》っているようで、お父様は「おほん」と咳《せき》ばらいしてから。

「ナタリーの証言は、報告したほうがよさそうだな。早速《さっそく》、王城へ行ってくる」

「お父様……」

「ああ、心配はいらない。国王にこの件を奏上して、すぐに戻《もど》ってくる。ペティグリューでも警戒《けいかい》を強める、とな」

　そうしてお父様は立ち上がり、出かける準備を終える。ナタリーとお母様に見送られながら、すぐに馬車へ乗り込み――王都へと向かった。

　そしてその日の夕方、「すぐに戻る」という言葉通りに、お父様が屋敷へと帰ってきた。帰宅を知らせる馬車の音が聞こえ、ナタリーがお父様を迎《むか》えるべく玄関へ行けば。

　バンッと、大きな音を立てて扉が開く。そこにいたのは、焦った顔のお父様で――背後の御者《ぎょしゃ》はお父様に追いすがるように、息を切らしながら後に続いている。慌《あわ》てて何かを伝えようとするお父様が、口を開こうとしたその時。

　黄金の光が、お父様の懐《ふところ》から輝《かがや》いた。そのまま、慌てたようにお父様は光るネックレスを取り出したかと思うと――パリンとそのネックレスが破裂《はれつ》して、破片《はへん》が柔《やわ》らかい光に変わった。そしてそのまま玄関《げんかん》の床《ゆか》に光は吸い込まれてしまう。

　息を呑《の》みながら、その奇妙《きみょう》な現象に目を向けていれば、すぐさま、光が吸い込まれた場所から魔法陣《まほうじん》が浮《う》かび上がってきたのだ。そうして、魔法陣からより一層強い光が輝き出して、思わずその場にいた全員が目を閉じた……その後。

「申し訳ございません。もしかして、早すぎたかな」

(え？　この声は──)

知っている声が聞こえた気がして、ゆっくりと目を開けば、光が収まり魔法陣があったであろう場所の上に、太陽のように輝く──赤い髪《かみ》と新緑の瞳《ひとみ》が見えた。

「エ、エドワード様!?」

「やあ、ナタリー。久しぶりだね」

優雅《ゆうが》に手を振《ふ》るエドワードがそこに立っていたのだ。突然《とつぜん》現れたエドワードを、屋敷《やしき》の応接室へと案内する。聞きたいことはたくさんあったが、それ以上にまずは礼儀《れいぎ》を重んじるべきとお母様が判断したのだ。

応接室のソファに腰掛けたエドワードは、姿勢を正して口を開いた。

「単刀直入に言わせてもらうが、僕がここに来たのは、ナタリーが怪《あや》しい人物を見たと報告を受けたからなんだ」

緑色の瞳と視線が合う。彼の言葉は想定の範囲《はんい》内だが、王子であるエドワードが来るほどのものなのかと言葉の続きを待っていれば。

「今回、国を騒《さわ》がせているのは……ただの不審者、ではないんだ。魔法を使って、姿が分からなくなっているのもそうだが……その魔力が」

エドワードは、重苦しい表情になりながら……慎重《しんちょう》に口を開く。

「我が国の元宰相《さいしょう》のもの、なんだ」

「……え？」

「ま、まあ」

驚《おどろ》きの声をナタリーとお母様が出す。またお父様もやっと、現実に戻ってきたのか——話を真剣《しんけん》に聞いていて。

「どう、して……。宰相様は、まだ逃亡《とうぼう》してらっしゃいますの？」

「……そうなるね。戦争時に彼を捕《つか》まえる手はずだったんだが、逃《に》げられてしまっているんだ」

応接室内の空気が、暗く、そして冷たくなった。それは、悪い現実を知ったからなのだろう。

「僕が未熟なばかりに。彼を未《いま》だに捕《と》らえることができず、本当に申し訳ない」

「い、いえ！」

「そうですわ。ナタリーをはじめとして、私たちペティグリュー家は、殿下《でんか》に感謝しかありませんわ」

お父様が慌てて否定をし。続けてお母様が、口を開いた。そして「今の平和があるのは、殿下のおかげですわ」と、優《やさ》しく話す。ナタリーもエドワードの尽力《じんりょく》のおかげだと感じているので、頷《うなず》いた。エドワードは、ペティグリュー家からの言葉に元気づけられたのか表情を少し明るくしながら、口を開いた。

「ナタリーの報告をもとに、改めて宰相の魔力について、ペティグリュー領に絞《しぼ》って調べたんだ。そうしたら」

指名手配がかかると城の魔力の検知器具を使用して、捜《さが》すことがよくある。そんな魔力の分布を王城で調べたのであろう。すると。

「……ペティグリュー領の山から、宰相の魔力が微弱《びじゃく》だが、検出されたんだ」

「……え」

「どうやら、ペティグリュー家の魔法を隠《かく》れ蓑《みの》に使っているみたいでね」

それはつまり、気候で景観が壊《こわ》れないように施《ほどこ》している〝ペティグリューの魔法の中〟へ宰相が逃げ込んでいるということだ。そして微弱ということになるとおそらく、はじめは気に掛《か》けられていなかったのだろう。

（地の利を活《い》かして、隠れるなんて……）

いつから宰相が隠れていたのか。まさかあの老人の正体は、と怖《こわ》い予想が頭によぎり、ナタリーはぞっとしてしまう。

「この件は、僕が対処する手筈《てはず》になったから。ナタリーに話を聞きたいのもあって、王城から瞬間移動できるネックレスを渡《わた》したんだ」

そうエドワードは説明し、お父様に「協力、感謝します」と笑顔を向ける。ナタリーは、事態の内容がわかり頭を悩《なや》ませながらも納得した。そして、ナタリーが見た〝不気味な老人〟の話をすると。

「それは……変装魔法を使った宰相かもしれないね」

「そ、そん、な」

「となると……」

エドワードは、見えない空間から紙を出し、応接室の机に広げる。おそらく、その空間には――前に見た〝影《かげ》〟がいるのだろう。広げられた紙は、ペティグリューにある山を詳《しょう》細《さい》に見てとれる地図で、その中の一点を彼は指さした。そこを見たお父様とお母様が首をひねる中、ナタリーは目を見開く。

「っ！　そこは」

「ん？　知っているのかい――？」

知っているも何も――そこは涙露草《なみだつゆくさ》がとれる場所として、先日ナタリーがミーナに教えた所だった。

「どうやら、ナタリーはこの場所に覚えがあるみたいだね？」

「そう、ですわね。そこは涙露草を採取できる場所です、わ……」

ナタリーの言葉を聞いた両親が驚きに身じろぎ、ミーナがハッとした顔をする。そんなペティグリュー家の人々の様子に何を思ったか、エドワードはためらいがちに口を開いた。

「ちなみに僕は――明日にでも向かいたいのだけど……案内してくれる人がほしくて、ね」

エドワードは眉間《みけん》に少し皺《しわ》を作りながら。

「ただ、もし危機が迫《せま》ったら……その案内人だけでも無事な場所に移動する魔法を、使おうと思っているんだ」

「そうなのですね」

「ああ……それでだが。魔力に耐性《たいせい》がないと……」

そこまで話すと、エドワードは申し訳なさそうな表情を浮かべる――その真意は。

(領民やうちの使用人は魔法が使えないから、瞬間移動なんてしたら……命が危ないわね)

「……エドワード様、私が案内しますわ」

「ナ、ナタリー⁉」

「お嬢様《じょうさま》っ⁉」

両親とミーナがナタリーの言葉を聞いて、驚いたように声をあげる。そして彼らは、ナタリーが危険に遭《あ》うかもしれないと心配して、「それなら自分がっ」と身を乗り出してアピールしてくる。

(私は周りに、本当に恵《めぐ》まれているわ)

自分の身よりもナタリーを案じて、代わりにと思う気持ちはありがたいが。

「お父様、お母様、涙露草の場所はご存知ないですよね？」

「うっそれは……」

「……そうね」

「そして、ミーナも魔法《まほう》を使えないわよね？」

「うぅ……」

両親とミーナは何も言い返せずしゅんとなり、押し黙《だま》ってしまう。そして少しの無言の中、何かを決めたようにお父様が口を開いた。

「うっ、分かった」

「お父様」

「ナタリーが案内するのは仕方ない」

「あ、あなた」

ナタリーの言葉に、しぶしぶ引き下がるお父様の姿が見える。お母様が、心配で仕方ないと不安そうにお父様の表情を見るのでナタリーも心が苦しくなった――その瞬間。

「だけどっ！　父さんも一緒《いっしょ》に行くからなっ！」

お父様が、宣言するように高らかに言い放った。お母様もミーナも、もちろんナタリーもお父様に視線を向ける。いい案が思い浮《う》かんだとばかりに、お父様は笑顔《えがお》で。

「ナタリーの護衛が足りないだろう？　幸い、父さんは魔法が使えるから……心配は無用だっ！」

「へ？」

「殿下、一人くらい増えても瞬間移動の魔法は大丈夫《だいじょうぶ》でしょうか？」

「あ、ああ」

「よしっ！　それなら、父さんが必ずナタリーを守って、一緒に帰ってくるからな！　もう何度も経験しているから。これなら、安心だろう！」

「お父様っ！」

「な、なんだ……」

「何も起こらないかもしれませんが……無茶《むちゃ》はしないって約束できますか？」

「うんっ！」

「ナ、ナタリー？」

エドワードが、驚《おどろ》いたように声をかけてくる。ナタリーとお父様の会話を聞いていると二人の立場が逆転したように感じてしまうのだろう。

(床《ゆか》で駄々《だだ》をこね始めたら……もう止められないから……)

ナタリーは、護衛を許可されて嬉《うれ》しそうにはしゃぐお父様を、遠い目で見ながら自分を納得《なっとく》させていた。床で醜態《しゅうたい》を晒《さら》してから提案を受けるより、とっとと受け入れたほうが何というか、ダメージが少ない気がする。羞恥心《しゅうちしん》――いやこれ以上は考えてはいけない。

「怪我《けが》の心配はぬぐえませんが、殿下、そして二人を信じておりますからね」

お母様の言葉に、ナタリーとお父様は頷いて、エドワード王子もしっかりと受け止めているようだった。

「では、明日の朝、迎《むか》えに来るので。僕は、王城に帰るとしよう」

「エドワード様、来ていただいて、その御心《おこころ》に感謝しますわ」

エドワードが魔法を使い、王城へ帰るのを見送った後。山へ向かうことが決まったナタリーとお父様は、明日に備え傷薬から、身体《からだ》を保護する衣服まで万全《ばんぜん》な準備をした。そして体力も必要だと、早めに就寝《しゅうしん》することになったのだ――。


小鳥のさえずりが聞こえる朝から、少し時間が経《た》った頃《ころ》。お父様と共に玄関《げんかん》で待っていれば、昨日と同様に魔《ま》法陣《ほうじん》が輝《かがや》き出した。そして、優雅《ゆうが》な佇《たたず》まいでエドワードがその真ん中に立っていたのだ。

「おはよう。朝から、出迎《でむか》えてくれてありがとうね」

「い、いえ。おはようございます」

続けて「お越《こ》しくださり、ありがとうございます」とエドワードに礼を言った。そうして屋敷《やしき》に来た彼に視線をやれば、魔法陣から現れたのがエドワードだけであると気が付く。〝影〟が背後にいるのだとしても、他《ほか》に護衛がいなくて大丈夫なのか――そう思い、きょろきょろと辺りを見ていると。

「ああ。他の騎士《きし》たちは、屋敷の外に待機させているよ」

「まあ！　そうだったのですね」

ナタリーの疑問に、エドワードが回答をし「一緒に移動することもできたのだけど。さすがに、大勢で玄関にいたら、邪魔《じゃま》になるかと思ってね」と、ウィンクをしながら笑っていた。その笑みに、頼《たの》もしさとこんな大掛《おおが》かりな魔法をいともたやすくできてしまうエドワードの底なしの強さに少しぞっとしたナタリーだった。

「ナタリーのお父上も、準備ができているみたいだね。では行こうか」

「殿下《でんか》、このたびはよろしくお願いします！」

エドワードの合図と共にナタリーとお父様は、屋敷に別れの挨拶《あいさつ》をして、お父様の熱いリクエストのもと一緒に馬に乗り、山へと向かった。

「涙露草の採取をお願いしたのは……こちら、ですわね」

記憶《きおく》を頼《たよ》りに、その場所に辿《たど》り着く。そこには、一面が白い花弁で覆《おお》われた――花畑にも似た風景があって、きっと今回のことがなければ心を癒《いや》してくれる素敵《すてき》な時間になったことだろう。

「ここが、お伝えしていた――涙露草《なみだつゆくさ》の場所ですわ。近くには、ペティグリュー領の遺跡《いせき》もありますので、景観は崩《くず》れにくいのです」

「案内をありがとう。なるほど。綺麗《きれい》な場所だね」

周りは木々に囲まれている中。ぽっかりと少しだけ空いた場所に咲く花々を見渡《みわた》し、エドワードは早速《さっそく》騎士たちに命じながら、辺りをくまなく調査し始める。

「で、殿下っ！　ここに」

一人の騎士が、何かを見つけたらしく、大きな声を上げた。それにつられて、人が集まれば。

「洞穴《ほらあな》か、かなり大きなものだね」

「はい。しかし、どうやら元宰相《さいしょう》の魔力と……他にも多量の魔力反応があるようです」

「そうか……」

赴《おもむ》いた先にあったのは、涙露草に隠《かく》されるように草木が生い茂《しげ》る土壁《つちかべ》だった。その壁に、今回の人員などすっぽり入ってしまう程《ほど》の大きな穴があったのだ。今まで見逃《みのが》していたのが、ウソみたいな大きな洞穴の存在。そして、エドワードがため息を吐《つ》きながら「どうやらここは、隠匿《いんとく》の魔法がかかっていたようだ」と眉をひそめていた。彼が言うには、今回持ってきた魔力を測る器具が無かったら見逃すほどのものらしい。

「この穴の方向を見るに、あの遺跡の下に続いているようなんだが。遺跡には地下などがあったりするのかい？」

「地下――そういったものは、私は知りませんが……」

ナタリーが困惑《こんわく》した顔で答え、黙っているお父様を見れば、お父様は険しい表情になっていた。

「お父様？」

「あ、ああ。父さんも伝え聞いたぐらいなんだが……」

「ほう？」

お父様は、言いづらそうにも、口をゆっくりと開いて。

「その遺跡の地下には……ペティグリューのご先祖様の遺物があるとされているんです」

ナタリーもエドワードもピンとこず。お父様の言葉に、考える表情を見せる。そんな二人の表情から、お父様は説明を続けるように。

「まあ、ただの物品ならいいんですが。その、私が聞いたところ、なにやら大量の魔力を含《ふく》んだ古代の魔導具が眠《ねむ》っていて、危険だからペティグリューの当主しかそこに繋《つな》がる道を知らないはずなのが気がかりでして……」

「……っ！」

お父様は、「自分が幼い時に廃《すた》れた噂《うわさ》だったから。今、ふと思い出してね」と苦笑いを浮かべながら話した。その話を聞いたのち。エドワードは、深く考え込んでしまっていて、ナタリーも、そんな噂があるとは露《つゆ》ほども知らず——ただの伝承であればと願う。

「殿下」

「どうした？」

「どうやら、下の座標ほど魔力量が多いようです」

「ふむ」

部下から、そのように伝えられたエドワードは、先ほどから何かを悩《なや》んでいる様子だった。彼を窺《うかが》うように、視線を向ければ。

「ああ、ごめんね。ちょっと、悩ましくてね」

エドワードの話を聞けば悩んでいるのは、この人員で遺跡の迷宮《めいきゅう》に行っていいかどうかの判断だった。なにより、ペティグリューの魔法が必要ということで……また巻き込む形になってしまうことを危惧《きぐ》しているようで。

「エドワード様……」

「分かっているんだ。癒しの魔法を使える人員が二人いれば、なんとかなるかもしれない、と考えてしまってね」

「……それは」

苦虫を噛《か》み潰《つぶ》したような顔で、エドワードは「この部隊には、癒しの魔法を扱《あつか》えるものがいなくて、ね。もし、部隊を分けて移動するときにでも、二人いればまかなえると思ってしまったんだ」と言った。

「僕は、君たちを巻き込まないと言いながらも……すまない」

「殿下……いえ」

お父様も、その考えは戦略的に理解できるところがあるようで、ナタリーを巻き込むことに嫌《いや》な顔をしながらも唇《くちびる》を噛んで耐《た》え忍《しの》んでいるようだった。

「エドワード様、ここまで来ましたもの。私、行きますわ」

「ナタリー……」

「ほら、エドワード様もご存知でしょう？　私は、お節介焼《せっかいや》きだって」

「……ふ、ふふ。そうだね。ありがとう。では、他に近くにいる騎士たちで、来られるものがいないか連絡《れんらく》を取ってみるね」

そうエドワードが声をかけてきた。気づけば、朝から時間が経ち昼過ぎに差し掛《か》かっていた頃。ナタリーは、突然《とつぜん》後ろから聞こえてきた声に――耳を奪《うば》われた。

「ご令嬢《れいじょう》？」

聞きなれたその声に。

「えっ」

そう、思わず反射的にバッと振《ふ》り返れば。そこには。

「閣下？」

団員を率いているユリウスが……こちらに向かって歩いてきていて、赤い瞳《ひとみ》と視線が合う。時間が止まったかと思うほどに、頭が真っ白になった。

(──どうして閣下がここに)

「おや？　ファングレー公爵《こうしゃく》が、ここにいらっしゃるなんて。なんて偶然《ぐうぜん》なのでしょう」

沈黙《ちんもく》を破ったのはエドワードの言葉だった。彼は不敵な笑《え》みを浮《う》かべながら、ユリウスを探《さぐ》るように見つめる。すると、エドワードの言葉にハッとしたユリウスが。

「殿下。お久しぶりでございます。今日は、所用があってここに来たのですが……」

「ほう？」

「おそらく、殿下の用事とは別件でしょう。その、急を要していたので。ペティグリュー家にも、此度《こたび》の用事で、朝に伺《うかが》いを立ててから来たのですが……」

ユリウスが言うには、ナタリーたちが出発した後に屋敷《やしき》へと訪《おとず》れていたようで、手にはお母様が書いたであろう……領地の滞在《たいざい》許可証があった。

「そうなのですか。僕は全くあずかり知らぬことでしたから。警戒《けいかい》をしてしまい……申し訳ございません」

「い、いえ」

同盟国の公爵といえど、エドワードは遠慮《えんりょ》をしない。ユリウスが来た目的を早く知りたいのか、「それで、公爵は……どのような用件で──」と話し始めた時。ユリウスの後ろから声が聞こえてきたのだ。

「ふぅ。それは、俺の方から説明しましょう。うちの団長は口下手ですから」

「マルク」

「やっと追いついたと思ったら、なにやら殿下と――あっ！　麗《うるわ》しのご令嬢～！」

ユリウスに睨《にら》まれながらも、マルクは飄々《ひょうひょう》と言葉を紡《つむ》ぐ。ユリウスとは違《ちが》う団員たちを引き連れているので、分かれて行動していたのかもしれない。しかし急いで追いついたようで、首元には汗《あせ》が滴《したた》っていた――が、それをものともせずナタリーに手を振ってきて。

「マルク様もいらしたのですね」

「うん～！　ご令嬢の家の山……すごく、歩きがいがあって、鍛《きた》えられましたっ！」

「そ、そうですか」

マルクの声によって、ようやっとナタリーもユリウスがこの場にいることに、理解が追い付いてきた。そして、ナタリーに対して声をかけたマルクをエドワードは鋭《するど》い瞳で射貫《いぬ》き、少し目を見開いて。

「おや、副団長殿《どの》……」

「殿下《でんか》。熱い視線、ありがとうございますっ」

「いや、貴殿《きでん》は」

「あっ！　そうそう！　漆黒《しっこく》の騎士《きし》団が、どうしてここにいるかってことですよね？」

「あ、ああ」

なにやら、言葉をごまかすような態度だったが、マルクのそんな態度をエドワードは気にしていないようで、むしろ楽しげにふふっと笑っていた。そして、マルクは息を整えて。

「そのまあ、ユリウスの母上は、他国で暮らしていたところ」

「え、ええ」

「急に行方《ゆくえ》不明になりまして。その消息を追ったら……まあ不思議！　魔力《まりょく》の痕跡《こんせき》が、ご令嬢の領地、ここから出ているると分かったんですよ！」


マルクの話した内容にナタリーは大きく目を見開く。宰相《さいしょう》の一件もそうだが、普段《ふだん》では起きない〝奇妙《きみょう》さ〟が生まれていると感じた。軽薄《けいはく》な声を出すマルクが話すには、魔力の検知器具を用いて痕跡を辿《たど》るように向かったら、ここに到着《とうちゃく》したとのことだった。

「ユリウスの母上から事情を聞くべく……漆黒の騎士団が来たってわけです」

「俺は、来なくていいって言ったんだが」

「もうもうっ！　本当は来てほしいって思ってたくせにっ！　戦争も収まったから、騎士団は暇《ひま》を持て余してるやつらが多いってことも知ってるくせにぃ〜！」

「………」

マルクに執拗《しつよう》に絡《から》まれ……ユリウスが無言で耐えている姿が見えた。確かに、マルクの言う通りエドワードが率いる小隊と、同数程の団員がいるようだ。おそらく、戦争の時に見た多くの団員は、セントシュバルツ国内で警備などに勤《いそ》しんでいるのだろう。

「なるほど、事態は把握《はあく》しました」

「聞いてくださり、感謝します」

真面目《まじめ》な顔つきを崩《くず》さないユリウスに対してエドワードは、おもむろに口を開いた。

「むしろ、好都合だと思いまして」

エドワードは、マルクから受けた説明をもとに「自国の騎士たちでは、到着に遅《おく》れが生じ、このままだと機会を逸《いっ》してしまうかもしれないこと」そして、「今いる人員であれば、ほぼ安全に、遺跡《いせき》の中へ行けるだろう」と述べた。漆黒の騎士団――主に、ユリウスを見て。

「魔力反応が、この洞穴《ほらあな》の先、地下に多くあると分かりました。おそらく、貴殿らの捜し人もいる可能性が高いと思います」

「……確かに」

「そこで、提案なのですが。ここから先、共に来てくれませんか？　漆黒の騎士団なら、これほど心強いものはないので」

エドワードから提案を受けたユリウスは……少し思案したのち。

「こちらとしても、魔法の才がある殿下がいるのなら。助かります。この先、共にいきましょう」

　ユリウスは、そうエドワードに返事をすると他の団員たちに向かって、「団員に告ぐ、今から殿下に続いて、この先を進む」と言葉をかけていた。一方、ユリウスの対応に満足したエドワードは、これなら大丈夫《だいじょうぶ》と自身の騎士たちに、出発の準備を行うように命じていた。

「ああ、加えて――ペティグリューの二人も来てくれるので、護衛も念頭に置いていただけたら」

「……っ！」

　ユリウスは、ナタリーも共に向かうとは思っていなかったようで、眉間《みけん》に力を入れてこちらを見ていた。その表情は「本当に、いいのか？」と言っているみたいで。

「ええ、私も行きます」

「そ、そうか」

「お邪魔《じゃま》にはなりませんので……癒《いや》しのサポート面を任せてくださいませ」

「そう、か。頼《たよ》りにしている」

　ナタリーの強い意志を瞳から感じ取ったのか、ユリウスは、こくりと頷《うなず》き――ナタリーには聞こえない小声で「怪我《けが》一つ……君には、負わせない」と言っていた。

　一方、順調にペティグリュー家の遺跡の地下へと向かう準備が進む中。

「ナ、ナタリーの周りに、父さんがチェックしている男が集まっているだ、と!?」

まだ現実に戻《もど》りきっていないお父様の悲痛な独り言が、その場に響いていたのだとか。

洞穴の中は暗闇《くらやみ》に支配されていた。周りを照らすのは、魔法によって灯《とも》されているランタンぐらいで。

「足元に気を付けてね。ナタリー」

「え、ええ。お気遣《きづか》い、感謝しますわ」

「……」

そんな薄暗《うすぐら》い空間の中で、エドワードとユリウスと共にナタリーは歩いていた。目の前には、エドワードの〝影《かげ》〟が歩き、その後ろからついていくことになっている。どうしてそうなったのか。事の始まりは、洞穴へ入る準備が完了《かんりょう》した時刻に戻る。

エドワードの提案のもと。先入隊が倒《たお》れてしまっては、元も子もないとのことで実力のある二人――エドワードとユリウスが、先に行くことになったのだ。

エドワードは、自身の瞬間《しゅんかん》移動の魔法もあるので先陣《せんじん》にいながらも、後続に対応ができるということも兼《か》ねていたようだ。そこで問題になったのは、癒しの魔法が使用できるペティグリューをどこに置くかであった。危険が少ない後続に一人、そして先頭にも一人という相談をされ。

「先頭は、確かに危険が及《およ》ぶかもしれないが。いち早く、公爵《こうしやく》と僕が対応できる」

先頭には腕《うで》に覚えがある二人がいるのだ。同盟国と自国で有数の力を持つ二人にかかれば、危険なことなんて起きないのかもしれない。

「そうなのですね。でしたら、お父様が……」

「ぐっ、ぬぬぬ。うっ」

「お、お父様？」

ナタリーの言葉にお父様は呻《うめ》きだした。すぐさま視線をやれば、苦渋《くじゆう》の判断を迫《せま》られたとでもいうかのようなお父様の顔があって。

「どうしたのですか？」

「うっ。父さんは行ってほしくないけど……要チェックの男ども、ううっ」

何を言っているのか理解しきれなかったが、きっとナタリーと同じように互《たが》いを思いやるがゆえに先頭を譲《ゆず》り合っているのだ……たぶん。

「ぐっ、父さんはっ！　後続につく」

「で、でも」

「ナタリーは優《やさ》しいな。だが、父さんは、剣《けん》の訓練も受けているからな。だから、多少の危ないことでも対応できる」

「どうか父さんの願いだと思って、行ってくれないかい」と力強く言われ、そんなお父様の意思を聞いたナタリーは頷き……一行は列になって洞穴の先へと進むことになったのだ。

そして微《かす》かなランタンの明かりを頼りに先へと進んでいけば、奥から吹《ふ》くぬるい風の煩《わずら》わしさを除いて、スムーズに進んでいるようだった。そうして土壁《つちかべ》に囲まれた道から、開けた場所に出てきて。

「こ、ここは」

「どうやら、遺跡の地下に到達《とうたつ》したようだね」

鉱石なのだろうか青白い光に覆《おお》われた空間は、ところどころ、樹木の太い根を生やしながらも石柱などが見え——まだ先に薄暗い通路が続いていることが分かった。

「人は、いないようですね」

「そうだね」

後続と間をあけて歩いていたため彼らの到着を待っていれば。

——ゴゴゴゴッ。

「え？」

「ナ、ナタリーっ！」

「……っ！」

後方から地盤《じばん》が揺《ゆ》れるような音が聞こえた——その瞬間。ナタリーの前にエドワードとユリウスが庇《かば》うように身を乗り出す。

――ゴゴ、グシャッ。

それはあっという間の出来事だった。大きな石の塊《かたまり》が、衝撃音《しょうげき》を出してナタリーたちが来た道を覆いつくしていたのだ。突然のことで何も反応することができず――二人の背に守られながら見ていることしかできなかった。

「危なかったね。まさかあの石が落ちてくる、なんてね。大丈夫かい？　ナタリー」

「大丈夫か？　ご令嬢」

「え、ええ」

エドワードとユリウスがナタリーに声をかけてくれたのと同時に、あまりの出来事に心臓がバクバクと鼓動《こどう》する。そして、落ちた石の塊を見て――。

（来た道が塞《ふさ》がれてしまったわ……）

厳しい現実を目《ま》の当たりにして、また身体がスッと冷えていく感覚を持つ。

「おーい！　大丈夫かっ！」

「ナッ、ナタリィ～！」

石の塊のごくわずかな隙間《すきま》から後続の人たちの声――とりわけ、マルクとお父様の声が聞こえてきた。

「やっときたようですね？」

エドワードが、ゆったりした足取りで石のもとへ歩く。

「こちらは、どうにか無事だ」

「そのお声は、殿下《でんか》！　うちのナタリーは……」

「あっ！　お父様、私も無事ですっ！」

ナタリーの声を聞いたお父様は、安堵《あんど》したように「よかった！　無事で」と言っている。

「どうやら、石の柱が脆《もろ》くなっていたようだ。それで、ここに落ちてね」

「うへ～。そんなことが」

「だが、魔《ま》法《ほう》で壊《こわ》せるだろうから」

エドワードは、石の塊越《ご》し――後続の面々に、魔法を使うから少し離《はな》れておいてと話す。

石から距離《きより》をとって彼が自身の靴《くつ》で地面をコツコツと、音を鳴らしながら叩《たた》くと。

ドカンッ――そう、大きな爆発音が石の方から聞こえた。見てみると、そこには。

「え？」

「ふぅん？　だいぶ、硬《かた》いようだね？」

「え、ええ」

確かに爆発は起きたのに石が全く壊れておらず呆然《ぼうぜん》とする。そんな様子を傍《はた》から見ていたユリウスが「俺が斬《き》ろう」と剣を取り出し、目の前の頑丈《がんじょう》な石に一太刀《ひとたち》を浴びせる。

ガキンッと、鋭《するど》い音は鳴った……が。

「……斬れない、か」

魔力を帯びた剣や肉体強化しているユリウスの斬撃《ざんげき》でもびくともしない。

「どうやら、この石、魔法が効かないみたいだね？」

「そ、そうなのですか？」

「うん。公爵《こうしゃく》も、魔法無しで切り伏《ふ》せることは難しそうだから……どうしようねえ」

エドワードが間近で、楽しそうにしていた。どうやら、この石に興味がわいたようで、

「ペティグリューの遺跡《いせき》には、面白《おもしろ》いものがあるんだね」と明るい声だった。そんなエドワードに……石の向こう側から声がかかる。

「……殿下。先に通路が見えますか？」

「ん？　あ、ああ、見えるよ」

この事態に、黙《だま》っていたお父様が尋《たず》ねてきて、エドワードの答えに……「うーん」と声を出しながら。

「今、我々《われわれ》がいる場所は、おそらく、遺跡の――入り口の真下です」

「なるほど」

「ですので先に行けば……私は見たことがないのですが、建物の地下空間だとしたら、外に通じる階段などがあるやもしれません」

エドワードは何かを思案しているのか、「このまま、とどまっていても……宰相《さいしょう》が来ないとは限らないが……」と言ってから。

「だが、この先も何が待ち受けているのかわからない。危険なことには違《ちが》いないね」

悩《なや》むエドワードに、何も言葉をかけることができない。どちらにせよ、危険がある選択《せんたく》に間違いはないのだ。

「うーん。僕は先に進む方が、良い選択だと思うのだけど公爵はどうお考えで？」

「……俺は」

エドワードに話を振《ふ》られ——ユリウスは視線を合わせて……少し考えたのち。

「俺も先に進む方がいいと考えます」

「ふぅん？」

「もちろん進む危険はある、が、崩《くず》れやすいここにいるよりも、地盤《じばん》が安定している所に行った方がより安全だ」

ユリウスは、「そう考えております」と答えた。

「確かに、そうですね。公爵とも意見が一致《いっち》しましたから……我々は、先に進みましょうか」

エドワードは後続に聞こえる声量で、エドワード、ユリウス、ナタリー、そして〝影《かげ》〟の面々で進むことを伝える。そんな話を聞きながら、ナタリーは危うく命を奪われるところだった不思議な石をじっと見つめていた。

「ふふっ、難しい顔をしているね？」

「あ、えっ？」

「そう、この石、僕の得意な魔法まで邪魔《じゃま》してくるみたいでね」

そして彼は眉《まゆ》を八の字にして、困ったように「石が外とここを障壁《しょうへき》みたいに隔《へだ》てているんだ」と言った。

「でも、石を越《こ》えなければ、魔法は使えるみたいだから」

励《はげ》ますようなエドワードの言葉を聞いた瞬間《しゅんかん》、ナタリーはハッと気が付く。エドワードの得意な魔法……瞬間移動が使えないということは、逃《に》げるにも逃げられない状況《じょうきょう》になっていたのだ、と。

「あんなに大口を叩いて、君を逃がすといったのに。ごめんね」

「い、いえっ！　魔法が通じない石があるなんて、誰《だれ》も予想できませんでしたから」

「ふふ、そう言ってくれると助かるよ」

エドワードの瞬間移動魔法が石を越えて使えないことを――おそらく、あの石を壊す魔法の時、周りは気づいたのかもしれない。だから、進むか留《とど》まるかの議論の結果、進むことになったのだ。結論が出たのち、明るいマルクの声が届いた。

「かといって、こちらも甘んじて待つだけはせず――どうにか、合流できるよう他《ほか》の道も探してみますね、殿下」

「ああ、よろしくね」

「ナ、ナタリ〜ッ！　父さん、必ず助けに行くからな！」

「お、お父様、あまり無理はせず……」

ナタリーの声が聞こえていなかったのか、お父様は「うおおおお〜！」とやる気を出して、おそらく外に向かって走って行ったのだろう。マルクが、「ま、待って〜！」とお父様を追いかけて行ったようだ。

そして後続との話を終えた一行は、塞《ふさ》がれていない方の、暗く開かれた通路の先へと足を向ける。

「分かっていると思うけど、注意深くいこうね」

「え、ええ」

エドワードの言葉に対し、自分に気合いを入れるように返事をする。そしてユリウスもまた、彼の言葉にしっかりと頷《うなず》いた。〝影〟の先導のもと、先へ——開けた遺跡の地下部分へ辿《たど》り着けば。

「こ、ここは」

「……とても、快適に暮らしていたようだね」

目に映ったのは、広く大きな木造の床《ゆか》だった。床に覆《おお》われていない部分には、またさらに地下部分があるのか——深淵《しんえん》につながるほどの谷になっていた。なにより、その木造部分には古めかしい土器がある一方でたくさんの生活用品が備えられていたのだ。まるで誰かの部屋のようなそこには、遺跡には似つかわしくない、今発行されている本や魔法器具があって——研究室をイメージさせる造りになっていた。そしてその部屋の中央に。

「おや、おやぁ？　客人を招待した覚えは、なかったんですけどねぇ」

ナタリーたちを出迎《でむか》えるように宰相が身ぎれいな格好で、うやうやしく挨拶《あいさつ》をしてきた。

その挨拶に対して、まともに返す者はおらず——口火を切ったのは、エドワードだった。

「……ここで何をしていたのか。捕《つか》まえてじっくりと問い詰《つ》めるとしましょう」

「おやぁ！　せっかくの再会ですのに、エドワード殿下は性急でいけませんなぁ」

「ふふ、お前と会話をするたびに不愉快《ふゆかい》になるよ」

エドワードは、鋭《するど》い眼光を宰相に向ける。そしてボソッと、「こんなやつを野放しにしていた自分にも不愉快になってしまうね」と呟《つぶや》いていた。そんなエドワードを見た宰相は、

「おお、怖《こわ》い、怖いですねぇ」と余裕《よゆう》があるのか、ヘラヘラと笑っていた。

「そもそも、フリックシュタインが魔法に精通しているのは……王族が秀でているのではなく、いくつもの犠牲があったことをご存知でしょうかぁ？」

「……なに？」

「ペティグリューは難を逃れたようですが、私の一族はもう……」

エドワードが低い声を出す中、宰相がさらに言葉を紡ごうとしたその瞬間。

「ちょっと！　うるさいのだけど！　いったい……」

「……っ！」

「あら……」

宰相の背後からゆったりとした足取りで、赤いドレスを身にまとった――元義母が現れた。その姿を見た瞬間、ナタリーもそうだがユリウスは、驚《おどろ》きで目を見開いていた。

「……母上」

「どっ、どういうことなのかしらっ！　あなたが言うには、ここなら絶対に見つからずに、ユリウスを封じる手段を作れると。だから資金を支援したのに――」

「ええ、そのつもりでしたが……追っ手が、予想以上に優秀《ゆうしゅう》だったようです」

「そ、そんなこと知りませんわっ！　あたくしは、あたくしは完璧《かんぺき》な計画だからと……」

元義母は宰相《さいしょう》に詰め寄り、言い募《つの》っていた。しかし、宰相は肩《かた》をすくめるばかりで。

「まあまあ。そこのご夫人――前公爵《こうしゃく》夫人も、事情聴取《ちょうしゅ》が必要なようだね？」

「なっ！　そ、そんなっ！」

エドワードが宥《なだ》めるように、そして、元義母を追い詰めるように言葉を発する。その言葉を聞いて、彼女の顔色がみるみるうちに青白くなっていくのが分かった。

「さて、お喋《しゃべ》りはここまでだ。〝影《かげ》〟よ」

エドワードがそう命じれば、屈強《くっきょう》な騎士《きし》たちが宰相の方へ走っていく。

「おやぁ、困りますねぇ。実験はまだ続いているというのに……ああ、ご夫人がいましたねぇ？」

騎士たちが、手を伸《の》ばし捕まえようとしたその瞬間。

「――え？」

「代わりにこの女を捕まえておいてください。それでは」

宰相はそう言い捨てると、元義母の背中をドンッと押し、彼女は前に滑《すべ》り転んでしまう。

そしてそんな彼女に、騎士たちの意識が向いた――その一瞬《いっしゅん》。

――ボフンッ。

宰相は、素早く床に何かを投げつける。それと同時に、大量の煙《けむり》が生まれて、宰相の姿を消してしまったのだ。

「くっ、ずるいことを……追いますよっ！」

エドワードは、すぐさま態勢を立て直して、騎士たちに呼びかける。

「俺はここに残る」

「ええ、そちらのことは頼《たの》みます」

ユリウスがエドワードに言葉をかけたのち、エドワードはナタリーに「ここでしばしお待ちを」と素早《すばや》く言い終える。そして〝影〟と共に煙の向こうへと走り去ってしまった。

そうなると――今ここに残っているのはナタリーとユリウスと……元義母だけ。元義母は、捨て置かれたことにまだ頭が追い付いていないのか、「ウソよ。だって、あんなにも協力したのに……どうして？」と言ってから、涙《なみだ》を流しているのか嗚咽《おえつ》が聞こえてきた。

「……母上、罪を受け入れましょう」

ナタリーが後ろで見守る中。ユリウスが、元義母――自分の母を捕まえるため彼女へ近づいていく。へたり込んでいた元義母は、宰相に裏切られたことが応《こた》えているのか力なく、ぐったりとしている。ユリウスが声をかけて、手首を掴《つか》み上げようとした……その時。

――ザシュッ。

「くっ……」

ユリウスが、元義母から一歩離れる。

「ふ、ふふふっ、ユリウス、あなたも悪いのよ」

「え――」

「か、閣下っ！」

ユリウスは腕から血を流していた。そして泣いて打ちひしがれている姿は演技だったのか、不敵な笑《え》みを浮かべる元義母の手元には血に濡《ぬ》れた短剣《たんけん》が握《にぎ》られていた。どうやら、もう抵抗《ていこう》しない元義母の様子に、ユリウスは不意を衝《つ》かれてしまったようだった。

ナタリーは、すぐさまユリウスのもとへ駆《か》け寄る。そして傷口に素早く癒《いや》しの魔法をかければ、幸いなことに傷が浅かったため、すぐに傷は綺麗《きれい》になくなっていく。

「か、閣下、ご無理は――」

その様子を見たユリウスは、ナタリーに感謝を告げ、そのままナタリーの前に出て、元義母に立ち向かおうとしていた。

「傷が浅かったから、なんてことは……」

怪我《けが》が治ってもう大丈夫《だいじょうぶ》だと思っていたユリウスだが。

「くっ」

突如《とつじょ》として、地に足をつけて……そのまま倒《たお》れてしまった。顔色もだいぶ悪くなり、呼吸が乱れている様子が分かる。ナタリーが、「ど、どうして」と焦《あせ》っていると。

「閣下⁉」

「ふんっ、あの宰相も少しは役に立ったようね……」

「……？」

元義母の話す内容が分からず、彼女をキッと鋭く見れば元義母もまた、不愉快さを隠《かく》さず睨《にら》み返してくる。

「癒しの魔法だかなんだか知らないけれど、もうユリウスはだめよ」

「……どういう」

「はっ、何も知らずに楽しく暮らす令嬢《れいじょう》には、分かるわけがないわよね……」

「だから何を」

義母の言葉がいったい何を指しているのか。皮肉だけではなく、憎《にく》しみのような感情を噴出《ふんしゅつ》していて。

「あんたも死ぬだろうから、優しいあたくしが、教えてあげるわ」

余裕が戻《もど》ってきた元義母が、ナタリーに対して挑発《ちょうはつ》的な態度で話し始める。

「ふんっ、ファングレーは、化け物ってことよ」

「そんなこと――」

「人間の皮を被《かぶ》った化け物よ。知らないかしら？　魔力暴走《まりょく》って」

「魔力、暴走……？」

元義母の言葉にきょとんとすれば、彼女はナタリーに対して嘲笑《ちょうしょう》し、「本当に何も知らないのね」と、暗い声を出した。

「魔力量が多いと、身体《からだ》が耐《た》えきれず爆発《ばくはつ》するのよ。そんな呪《のろ》われた体質を持つのが、ファングレーなの」

「……」

「あら、信じてないって顔かしら？」

ナタリーが怪訝《けげん》な顔をしたのが気に食わないのか。また鋭くこちらを睨みながら「別に信じようが信じまいが、関係ないけれど。あの腕《うで》の立つ――あんたの国の宰相だったかしら？」と、ナタリーを見下ろすように、口を開いて。

「あの男が作ったこの剣には、魔力暴走を誘発《ゆうはつ》する作用があるの」

「なにを――」

「ほんと、大した才能よ。ユリウスが怖いからって、他人の魔力を短剣に溜《た》めて、ユリウスに注いで殺害しよう、だなんて――あたくしは魔力暴走を引き起こす殺害なんて、巻き込まれたらたまったものじゃないから……あの男から奪い取ったわけだけれども」

そこまで言い終わると元義母は、口角を吊《つ》り上げて。

「でも、仕方ないわ。ユリウスが反抗的《はんこう》なのが、すべて悪いのよ」

元義母の発言に、ナタリーは眉間《みけん》に皺《しわ》を寄せる。彼女の話は、信じがたいが――もし本当なら――そんな不安が的中するかのように周囲から。

――ゴゴゴッ。

地面が揺《ゆ》れ、むき出しの岩面からは石がポロポロと落ち始めていた。

「ほら……魔力暴走が始まった。この場所は耐えきれなくなっているようね。ふ、あっははは。すべて終わってしまえばいいんだわ」

元義母は逃《に》げる気もないのか、おかしそうに笑うばかりで。そんな彼女から視線を外し、身をかがめて、地に倒れ伏《ふ》すユリウスに近づく。

「閣下っ！　私が治し――」

彼の身体に手を置く。すると、意識が辛《かろ》うじてあるのか、ナタリーの手を握って、まるで制止するように。

「いいんだ。それよりも早く、君は逃げて――」

「何をっ」

「まだ、大丈夫なはず、だ。きっと、ここに俺がとどまれば、暴走の影響《えいきょう》も外に出ないだろう。だから……」

「……っ」

ユリウスは、自分の魔力暴走から逃げてほしいと、そうナタリーに伝えてきたのだ。確かに、魔力暴走に対して先祖の石の効果や遺跡《いせき》の構造が、外に漏《も》れないよう作用するのかもしれない。しかし、それはつまり――ユリウスをここで見殺しにするということだった。

「だめですっ！　だって、閣下をここに置いていくだなんて――」

「俺のことは、気にせずに――」

「嫌《いや》ですっ！　ど、どうにかできるはず……」

ナタリーの心情をよそに、相変わらず周囲の崩壊は始まっていて、刻々と危険なタイムリミットが近づいていることに気が付く。そうした緊張《きんちょう》から、自分を落ち着けるために深呼吸をしたのち。ナタリーは、ユリウスの身体に手を当てて――癒しの魔法をかけようと試みる……が。

「うっ――」

「はっ、バカねえ。無駄《むだ》なのよ」

元義母の嘲笑が聞こえてきた。それと同時に、自分の手が焼けただれるような感覚を覚える。実際に見てみれば、火傷《やけど》を負っているわけではないのだが、ユリウスの魔力の反発が強くて、癒しの魔法が効かない状況《じょうきょう》であった。加えてその反発が、自分の手に痛みを与えていて。

「頼《たの》むから。にげ、て……くれ」

「……うっ。ま、まだ」

倒れている彼は、苦悶《くもん》の表情を浮《う》かべながら、何度もナタリーを説得するように、「逃げてほしい」と伝えてきて。

（ここで、見捨てられるのなら。あの時だってそうしてたわっ！）

命の危機に瀕《ひん》しているユリウスを治療《ちりょう》するのは、これで二回目になるのだろうか。一回目は、敵国との戦争の時——あの時だって、諦《あきら》めることなんて無理だったのだ。ペティグリューのお節介《せっかい》というよりも……諦めたくない、立ち向かわねばという意地なのかもしれない。

「閣下！　私は、諦めませんからっ！」

（——だって、それが私の強さ……なのだから！）

「だが……」

ユリウスは、ナタリーの身を案じていて、「諦めない」という言葉に対して、困ったように眉《まゆ》を下げるばかり。そんなユリウスの声とは反対に——彼の身体に手を置いて、癒しの魔法を試みる。何度も、何度も。

「くぅ……」

「はあ。本当に、無様ねえ」

しかし、ユリウスの体内に魔法をかけようとすればするほど、返ってくるのは、痛みと元義母の嘲笑ばかりで。

(あの時のように、力が使えれば)

ナタリーの脳内には戦争時にユリウスを救った白い光が思い浮かんでいた。しかし、あの光を出すためにいったいどうすればいいのかが——全く分からないのだ。加えて。

「ほんと。どうしてそんな化け物を助けようとするのかしら？　理解しがたいわぁ」

耳障《みみざわ》りな元義母の言葉を聞きたくなくて、耳を塞ごうとした——その時。

「早く、もろとも……死んでしまえばいいのに」

元義母が、あざ笑いながら言った——その言葉を耳にした瞬間《しゅんかん》。

ブチッと。

ナタリーの中で何かが切れた音がした。それと同時に、自分の身体からこみ上げるのは強い〝怒《いか》り〟で、その感情のおかげなのか自分の手から痛みを感じなくなっていた。

(なんで、元義母のために死ななきゃいけないのかしらっ！　そんなの絶対いやっ！　彼女の思い通りになってたまるものですか！）

頭にも、怒りの熱が行きわたっているのか。今まで以上に、自分を叱咤《しった》する——強い憤《いきどお》りが生まれてくる。そもそも、ナタリーの知らないことが多すぎるのだ。魔力暴走ってなんだって話だし。あの元義母は、どうして宰相《さいしょう》と手を組んでいるのかってところもだし。なにより元義母が言うように、他《ほか》の人をなおざりにして、遊んで暮らしたつもりはないのに、ぽんこつな令嬢扱《れいじょうあつか》いをされるなんて——。

どんどん頭に熱が上《のぼ》り、意識がかすまないように、ナタリーは自分の唇《くちびる》を噛《か》み締《し》める。どうか、ユリウスの魔力暴走が鎮《しず》まるように、そう願いを込めながら。そして目を閉じれば、ユリウスの魔力が波打っているのを感じる。ひと際《きわ》大きく波打つ部分、ここだけでもなんとかしなければ。集中して——力をこめるように気合いを入れると。

「え——？」

「……ご、れいじょう？」

ナタリーの手から、まばゆいばかりの光が溢《あふ》れる。それは、ユリウスを包むように、そして、ナタリーの脳内すらも真っ白に染め上げるように。そんな真っ白に染まっていく中——目を閉じているはずのナタリーは、誰《だれ》かと目が合った気がして。

あれは、あの薄《うす》い赤色は——。

（もしかして、リアム……なの？）

自分の身に起きた不思議な現象に、頭が追い付かず……どこか夢見心地でいれば。

「そ、そん、な。そんな……」

元義母の放心した声と共に、ナタリーはパチッと目を開いて、現実に戻《もど》ってくる。

「暴走が、とまった……？」

魔法《まほう》で見れば、まだいくつかの波形はあるもののあの大きな波はなくなっていて、それが分かったのと同時に、周囲の揺れや崩壊もピタッと止《や》んでいた。ユリウスは、まだ身体に力が入っていないのか、倒《たお》れているままで呆然《ぼうぜん》としている様子が見えた。

「な、なによ。あんな光。あ、あんたも、化け物なのねっ」

元義母は取り乱しながら、ナタリーをなじるように声をかけてきた。元義母の姿をとらえたナタリーは、本能のままスッと立ち上がる。ユリウスに魔法をかけたばかりだが、不思議なほど身体は熱く、軽かった。

「ご、ご令嬢……？」

意識はあるものの、相変わらず地面に身体を付けたままのユリウスが目を見開いてナタリーを見つめている。そしてナタリーが、力強く元義母の方へずんずんと進む姿を見て、彼は「あ、危ないから……」とナタリーを心配する声をあげる。そんな彼の声に振《ふ》り返って、ナタリーは安心させるようににっこりと微笑《ほほえ》み、また元義母に視線を戻して。

「なっ、なによ！　こっちに来ないでよっ！」

わめく元義母は、持っていた短剣《たんけん》に魔法をかけ、あろうことか、ナタリーの方へ飛ばしてくる。しかし、その短剣を見ても不思議と恐怖《きょうふ》は感じなかった。そして勢いよく飛んできた短剣に手をかざす。自分を守るために咄嗟《とっさ》に出た行動だったのだが、刺《さ》さると思われた短剣は予想を外れ――ナタリーの手の前で、まるで力をなくしたかのように床にカランと落ちてしまって。

「そ、そんなっ」

「……」

「お、おかしいわっ！」

元義母は、諦めずにその辺に落ちている鋭利《えいり》な石にも魔法をかけて、再度ナタリーへ飛ばすが手をかざしたナタリーの前に、それらの石ころは全《すべ》て落下してしまう。まるでナタリーは、あの石柱と同じような性質を纏《まと》ったかのように、元義母からの魔法を受け付けなかった。

「……」

「ひ、ひぃ……」

ついに魔力が切れてしまったのか、元義母が、悪あがきで後ろへ引き下がるものの――ナタリーがそれに追いつき、彼女の目の前に立つ。

「……ぐっ」

息を詰《つ》まらせる元義母の胸元《むなもと》──ドレスの布をひっつかんで。

「これが何か、わかりますか？」

「……ひ、ひぃ」

真っ赤に染まった手を、彼女の前に突《つ》きつける。その血は、ユリウスが短剣で怪我《けが》した際に──傷を癒すためについたもの。

「あなたが、刺した際に出た血です」

「そ、それが……」

「化け物、化け物と言いますが人を平気で刺すあなたの方が、よっぽど……化け物ですわ」

ナタリーは、彼女を睨《にら》みながら力を込めてそう言い放った。そして、ナタリーの言葉の後、少し放心していた元義母がハッとなったように、小刻みに震《ふる》えながら声を荒《あら》らげる。

「う、うるさいっ！」

「……」

「あたくしは、あたくしは、被害者《ひがいしゃ》なのよ！　変な家に巻き込まれて、問題にも巻き込まれて。それでも、守ってあげようとしたのに……あんたにっ、何が分かるのよっ」

ナタリーに言われても負けじと言い返してくる元義母に、うんざりとしながら息を整えて、ナタリーは言い放った。

「分かりませんっ！」

「……え？」

「あなたが、どれだけ大変だったかなんて、知りませんわっ！」

今まで、辛《つら》いことがあったから、他人を陥《おとしい》れるのは仕方がないなんて到底《とうてい》理解できないし、理解したくもない。毒気が抜《ぬ》かれた様子の彼女のことは気にせず、ナタリーは話し続けた。

「それに、あなたの理屈《りくつ》で言うと……被害者なら、仕方ないのよね？」

「？」

「ほら、そこにあなたが使った短剣があるわ。私、あなたのせいで死にそうになったから……刺してもいいいってことに、なりますよね？」

「……ひっ！」

胸元を摑《つか》みながらそう告げれば、ナタリーが言った内容を理解したのか……元義母の顔がサーッと青ざめていく。その様子を見て、恐《おそ》ろしいと感じるなら最初から自分で言わなければいいのにとナタリーは思った。そして「だけど、私はしませんわ」と彼女に言う。

「あなたと、同じになりたくないからって言えば、分かりますか？」

「……………」

ナタリーは人を癒《いや》したいとは思うが、殺したいとは思わないのだ。確かに、以前の人生

では元義母に、赦せないほどの怒《いか》りを感じた。憎《にく》しみも抱《いだ》いていたように思う。しかしやり返すことで、きれいごとなのかもしれないが――自分が言った〝人を刺す化け物〟にはなりたくないと強く思ったのだ。

「それと、あなたは自分が被害者だと言うけれど、一番の被害者はあなたの息子《むすこ》、閣下よ」

「そ、それは」

「閣下はあなたに剣を向けましたか？　あなたを母と思っている閣下にどうして」

「……っ」

元義母の瞳《ひとみ》から、怒りが消えたように感じた。そして、ナタリーの背後で倒れているはずのユリウスに視線を向けているようで。やっと自分が息子に手を掛《か》けたことに……そのことの重さに理解が追い付いたのか。目に見えて、脱力《だつりょく》していくのが分かった。

「あなたはずっと悔《く》い続けてください。自分がしでかしたことを、死ぬ最期《さいご》の時まで」

ナタリーがそう言えば元義母は何も言い返してこなかった。抵抗《ていこう》する様子もなくなったので放して――エドワードと合流するべきかと考えていると。

――ゴゴゴゴッ。

「……え？」

なんだかこの音には聞き覚えがある気がする。しかもデジャヴで、また自分の頭上から聞こえてきていて。上を見上げれば――案の定、岩の塊《かたまり》が、さっきの揺《ゆ》れのためか崩《くず》れてナタリーのいる所へ落下し始めていた。

「ナ、ナタリーッ！」

ユリウスが、大声でこちらを呼んでいる気がする。それと同時に、ナタリーは摑んでいた元義母を反対方向へ突き飛ばした。証人を殺してはいけないとか、お節介《せっかい》さとか関係なく……無意識の自分の行動に、思わず笑ってしまう。前とは違《ちが》って、逃《に》げようとしてはいるものの逃げきれなそうだ。もうダメだと、そう感じながらも、自分の手を上にかざして、もう一度奇跡《きせき》か何かでどうにかなれと念じようとした……その瞬間《しゅんかん》。

風が頰《ほお》を通り過ぎて、疑問に思えば――見間違えようのない、黒い服、赤い瞳が見えた。そのまま、勢いをつけたままナタリーを両手で抱《かか》え――岩が来ないその先へ飛び込んでいく。

「か、っか……？」

ユリウスと認識《にんしき》したその直後。先ほど自分がいた場所からドオンッと大きな衝撃音《しょうげきおん》が、あたりに響《ひび》いた。

（痛くないわ……どうして）

一緒《いっしょ》に飛び込んでいったはずなのに、ナタリーの身体《からだ》に痛みは全くない――その理由はすぐに分かった。

「閣下！」

「……ぐ、ぅ」

　ユリウスがナタリーの下敷《したじ》きになるように、痛そうな床面《ゆかめん》からナタリーを守ってくれていたのだ。魔力暴走の時とは違い、ところどころ擦《す》り傷や切り傷ができていた。

「ご令嬢《れいじょう》。け、怪我は……」

「閣下のおかげでありませんっ！」

「よかった……」

　全てまるっと良かったという訳ではないがユリウスの行動によって、無事に済んでいるのも確かだった。元義母とナタリーが話しているうちに、動けるようになったのかもしれないが万全《ばんぜん》ではない状態で、ユリウスは自分に魔法でもかけたのだろうか――それくらい驚異《きょうい》的なスピードで、ナタリーのところまで来たのだ。どうにか、身体を治してあげたいと思いつつも、ナタリーもだいぶ魔力を消費してしまったようで上手《うま》く魔法が使えない。

「気持ちは、ありがたいが、そんな大層な怪我じゃ――」

　そう言い張る彼に、ナタリーは強く声をかけた。

「閣下！」

「な、なんだ？」

「助けてくださったのは、感謝します！　本当にありがとうございます」

「い、いや」

「でもっ！」

彼の怪我《けが》を少し治したところでナタリーはユリウスの両脇の地面に手をついた。砂埃《すなぼこり》にまみれても美しさに陰《かげ》りがないユリウスの——赤い瞳と目が合う。

「私は、私はっ。閣下が怪我するところを見たくないんですっ！」

「そ、それは。すまない……」

「謝らないでください。それより」

静かにナタリーの言葉の続きを待つユリウスの頬に、ぽたぽたと水滴《すいてき》がこぼれ落ちる。ユリウスの表情が驚《おどろ》きに変わり——ナタリーはこの水滴が自分の目から流れていることに気が付いた。そんなナタリーに対して、焦《あせ》ったようにオロオロするユリウスに自然と笑《え》みがこぼれる。

「閣下が無事で、本当によかった……」

ナタリーは、涙《なみだ》を流しながらユリウスに語り掛けた。彼は、「君が——」と何かを言おうとして目を見開き、無言になる。そんな様子に、ナタリーはハッとする。

「あっ！　閣下。私、閣下のお母様に、いろいろ言いましたが……。謝りませんよ！」

「……ん？」

ユリウスは、ナタリーからそんなことを言われるとは思っていなかったらしくポカーンとしている。ユリウスはあの時の会話を聞いていたわけで、もしかしたら自分の母親があんな風に言われて気分を害したかもしれない。しかしそれでも、ナタリーは意思表示をしようと思ったのだ。そう、決意を持った表情で彼を見つめれば。

「ふっ」

「っ！　なにが、おかしいんですのっ！」

「いや、別に……俺はそのことを怒《おこ》っていないし、そうだな……」

ユリウスは、柔らかい表情で「むしろ――」と言葉を続け。

「母上を諫《いさ》めてくれて。そして――俺のことを思って、怒ってくれて。感謝する」

「……っ！」

まさか面と向かって感謝されるとは思わず、ナタリーの顔に熱が上っていく。思わず身体に変な力が入ってしまい、ナタリーは体勢を崩す。なんとか踏ん張ろうと地面についた手に力を入れるが、手汗《てあせ》で滑《すべ》ってしまい、そのままユリウスの方に倒れ込んでしまった。

「あっ！」

そうすると、見つめ合っていたナタリーの顔はユリウスの方へ近づき、ぷにっとした感触が自分の鼻にぶつかった。

（この感覚は――それよりも）

ユリウスの顔が近い。距離《きより》なんてないくらいに、とても近くて、心臓《しんぞう》が壊《こわ》れたようにうるさくなった。涙はその衝撃のおかげで引っ込んでいて……一方のユリウスは、唇《くちびる》が動か

せないから自動的に黙《だま》るのみで。

(わ、私、なんてことを――!)

冷静になればなるほど、背中の冷や汗は止まらなくなり、手にまた力をいれて姿勢を変え、ユリウスに弁解をしようとしたその瞬間。

「ナタリィィ～! 父さんが! 迎《むか》えに来たぞう～!」

「お父上、そこはまっすぐで――」

「で、殿下《でんか》……殿下に〝父上〟って言われると、なんだか心臓が苦しい……」

たくさんの足音がこちらへ向かっていることに気が付く。急いでユリウスから離《はな》れなければと、そう思って動こうとしたが。一歩遅《おそ》く。

「おや?」

「ユ、ユリ、ウス?」

困惑《こんわく》するエドワードとマルク。そして。

「ナ、ナタリィ～!!」

お父様の絶叫《ぜっきょう》が、響き渡《わた》った。ナタリーは、その声を聞いて頭が痛くなり、考えることをやめた。だから、すぐさまお父様によってユリウスから離され、そのまま抱きかかえられても、もう抵抗《ていこう》はせず。

エドワードからは、「すごい地震《じしん》があったから、宰相は部下に任せて、合流した後続班と共にこっちに戻《もど》ったのだけど……」と、どこか暗い声が聞こえてきた。

「ユリウス、お前……。さすが団長だな……」

「……うるさい」

「またまたぁ～！　顔が真っ赤だぞ……あっ、痛いっ、小突《こづ》く力がっうっ」

マルクの楽しそうな笑い声に包まれながら後続の騎士《きし》たちが、ナタリーが突《つ》き飛ばした元義母の所へ赴《おもむ》き「こちらに気絶しているご婦人がいますっ」と報告していた。そして全《すべ》ての情報量が滝《たき》のように押し寄せてくる中、お父様にお姫様《ひめさま》抱っこで抱えられながら……ふと、自分の鼻に触《ふ》れて――。

（柔《やわ》らかかったわ――って！　何を考えているの私！）

ちょうどユリウスの血色のいい唇が目に入ってきて、ナタリーは慌てて首を横にぶんぶんと振った。そして遺跡《いせき》が崩《くず》れることもなく、無事に一行は死者を出さずして外へ脱出《だっしゅつ》することになる。こうして一連の不審《ふしん》な魔力反応事件は、元義母が逮捕《たいほ》され尋問《じんもん》にかけられることによって一旦は幕を閉じたのであった。

第六章　約束の丘

元義母の事件の後始末で、ユリウスはしばらくペティグリュー領にとどまることになった。エドワードから事情聴取《ちょうしゅ》を受けたのち、お母様の取り計らいもあって「滞在《たいざい》許可も出したのだから、一週間ほど休んでから帰った方がいい」と押し切られてしまった部分もあるのかもしれない。

そうして一週間滞在し、明日にはユリウスはセントシュバルツに帰ることになっていた。そのことにナタリーはハッと気づき、ユリウスに「約束した――ペティグリュー領の観光に行きませんか？」と声をかけたのだ。

するとユリウスは目を大きく見開き、少しつっかえながらも、「ぜ、ぜひ」と答えてくれた。後から聞いた話では邪魔しようとするお父様をお母様が取り押さえてくれていたらしい。

ナタリーはユリウスを伴《ともな》いながら、目的地――高台へまっすぐに進んでいく。自分の心の迷いなんて、ないのだと再確認《さいかくにん》するように。ペティグリュー領の街が一望できる高台はゆるやかな坂道の先にある。

（いつ見ても、綺麗《きれい》だわ）

辿り着いた高台からは、レンガの街並みと色とりどりの花々、そして青々とした木々——青空の太陽に照らされる、穏《おだ》やかな絶景が見渡せた。ナタリーにとって、幼い頃《ころ》よく両親と一緒《いっしょ》に来ていたこの場所で、お父様が「ペティグリューは、発展しすぎないのがいいんだ」と満足げに言っていたのを覚えている。当時は、どうしてなんだろうと疑問に思っていたのだが、今ならその理由もわかる。豊かな自然とゆっくりと時間が過ぎる街並みは、かけがえのない価値があるように思えるのだ。公爵《こうしゃく》家に嫁《とつ》いでからは、ずっと、ずっと見たいと願っていた——思い出の中と変わらない風景は、他《ほか》の観光客も魅了《みりょう》するようだった。ナタリーやユリウス以外にも、ちらほらと人がベンチや野原に座ったり、立ちながら談笑したりと、思い思いに堪能《たんのう》している。また、ナタリーの隣《となり》に立つユリウスは。

「……美しいな」

そう言葉を漏《も》らし「この景色は、本当に素晴《すば》らしいな。案内してくれて、感謝する」とナタリーに話しかけてきた。

「いえ、満足してくださったのなら……よかったですわ」

「ああ……」

見ている景色の中に、ちょうど訪《おとず》れたばかりの——ペティグリュー家の遺跡も見つけて、地下遺跡であった様々な出来事が思い返される。しかし、どんなに危なくてもエドワードやユリウスが身体《からだ》を張って助けてくれた。

ユリウスの方をちらりと見れば、傷はもう大丈夫なのか平然としている。しかし、彼が怪我《けが》をしてまで守ってくれたことを思うと――いつかの胸の痛みが再発する。じくじくと、ちくりと――それは、彼の優《やさ》しさに触れるたびに分かっていながらも、なかなか向き合えなかった痛み。

（分かっているの、本当は――少しずつって決めたのに……難しいわね）

胸の痛みが酷くなるのと同時に、ユリウスが無事でいてくれて本当によかったと、安心する気持ちもあった。ナタリーの感情はぐちゃぐちゃにかき混ぜられてしまい――頭に、熱が集中する。

「ご、ご令嬢《れいじょう》？」

「え？」

一緒に景色を眺めていたユリウスがナタリーを窺《うかが》うように、声をかけてきた。なにやら、驚《おどろ》きながら視線を――自分の顔に向けているように感じる。そこで、ナタリーは自分の目からとめどなく……涙《なみだ》が流れていることに気が付いて。

「あらっ、どうしてかしら」

「……」

「日の光が眩《まぶ》しくて、その……」

上手《うま》く言葉が出ない。この涙は、問題が終わって嬉《うれ》しくて泣いているのだ。きっとそうなのに……自分の顔を隠《かく》そうと、つい俯《うつむ》こうとすれば。

「俺は、木だ」

「え？」

ユリウスからかけられた言葉が、よくわからなくて、つい彼の方へ視線を戻す。すると彼もまた眉尻《まゆじり》を下げて、いつもの彼とは違っていた。

「だから、気にしなくて……いい」

「……っ」

「俺は必要ないかも、しれないが……」

目の前のユリウスは、悩《なや》んでいるように見える。きっと、ナタリーが泣いたことに対して――彼なりにできることを言ったのだろう。だからナタリーが泣いているのをその大きな身体で、周りから見えなくしてくれている――なんて、知りたくないのに。ナタリーは、感情のままユリウスの服をぎゅっと摑《つか》む。目からは、相変わらず熱い滴《しずく》が止まらない。

「どうしてっ！」

「……」

「どう、してっ、その思いやりを、言葉を。あの時の私に、向けてくれなかったのですか。今日のように普通《ふつう》に笑って、話して、くださらなかったのですか」

（――私は、死を悔《く》やんでいるなんて、思いたくなかったのに）

「そもそも、閣下の体質のことだって……私は何も知りませんでしたわ！　もし結婚後に話し合えれば、もっとやりようがあったかもしれませんのに……」

もしナタリーが死ぬ前に、もしくは結婚《けっこん》後でも普通に接してくれたら……使用人や義母からの難癖《なんくせ》を調査してくれたら……いや、それよりも——ユリウスと話をしたかった。食事だって共にしたかった。お互《たが》い望んだ結婚じゃなくとも、嫌《いや》な気持ちなく過ごしたかった。なにより——自分の息子《むすこ》リアムと、もっと一緒に暮らしたかった。

彼の成長を見たかった。いつリアムは立つことができて、言葉を覚えて——そんなありふれた、息子の毎日を見たかったのだ。もしかしたらユリウスに剣《けん》を学ぶリアムを見守ることだってできたかもしれない。そんな戻らない幻想《げんそう》が、ずっと頭に浮《う》かんでしまっていた。一緒に〝家族として〟笑いあえる日常があったかもしれないと、それならどんなに辛《つら》くても、前に進む力になったかもしれないと——そんなどうしようもない思いが溢《あふ》れてしまうのだ。

「どう、してっ」

頭では分かっている。彼を責めたって、もう戻《もど》らないこと……どうしようもないのだと。自分の感情をギリギリで止めながら——彼の服から手を離そうとしたその時。サァッと、一陣《いちじん》の風が高台を吹《ふ》き抜《ぬ》けていく。季節風ゆえなのか、突然《とつぜん》の強い風によってナタリーがよろけ、バランスを崩したその瞬間《しゅんかん》——ナタリーの身体は、逞《たくま》しい腕《うで》によって素早《すばや》く支えられた。

「っ！　す、すまない」

はからずも――ナタリーはユリウスに抱《だ》きしめられる形になったのだ。ナタリーは、ユリウスの胸元《むなもと》に顔をうずめていることに頭が追い付かなくなってしまう。相変わらず、制御《せいぎょ》が利《き》かなくなった涙は止まらないのだが。それ以上に。

ユリウスの心音、彼の温かい身体から――〝生きている〟温《ぬく》もりが伝わってくる。自分の記憶《きおく》にある冷たかったまなざしなんて、塗《ぬ》り替《か》えるような。そんな熱がそこにあって。

「だ、大丈夫《だいじょうぶ》か？」

ユリウスは、ナタリーがしっかりと立っているのを確認してから、抱きとめるように支えていた腕をゆるゆると解いていく。話している声からも、どうやら戸惑《とまど》っているみたいで。いや、それよりも。

よろけそうになったところを助けてくれたことへの、感謝だったり。服を汚《よご》してしまったことに対しての、謝罪だったり。しなくては、とナタリーの頭はぐるぐるになってしまい、追いつかない思考で混乱していく。そのせいで、自分の心臓が速く動いている気がする。そして、ユリウスの胸から聞こえる心音も、自分と同じく速くなっているような。そうしたことに気を取られているうちに。

ナタリーは、ユリウスから離《はな》れるタイミングを見失い、固まってしまったのだ――。

　ユリウスは、ナタリーの焦《あせ》りにどう思ったのか。彼自身はナタリーに触《ふ》れず、ナタリーのしたいように、そのままにしながら。

「……ご令嬢」

「えっ？　ど、どうし、ました？」

「本当に、気にしなくていい、のだ」

　ユリウスの言葉が耳に入ってきた。彼の言う「気にしなくていい」とは、自分が木だからという意味なのだろうか。だから、ナタリーがどんなことをしても大丈夫と。

「全部、俺がしたくてやっていること……なんだ」

「……」

「それが、君にとって不都合になっていたら、すまない。それを、伝えたくて」

　ユリウスはナタリーに、感謝や謝罪を強制したいわけではないらしく。いつも寡黙《かもく》な彼が口にする言葉は、どこまでも不器用に感じる。

（前みたいに、むすっとして怒《おこ》ればいいのに）

　公爵家にいた時は、ずっとそうだった。彼がこうして、気遣《きづか》いをするなんてありえないことで。だから、ナタリーが問い詰《つ》めた時に、言い返したり、怒ったりしてほしかった。そうすれば、きっぱりと突《つ》き放せていた。それなのに、そんな時はやってこなくて。

（むしろこのまま、彼の変化に見ないふりをするのは、もう、難しいわ）

ナタリーはユリウスと接していく中で、なんとなく分かっていた。今、目の前にいるユリウスが以前とは違《ちが》うこと。たとえ、記憶があったとしても、何かがきっかけで彼自身、変わったのかもしれない、と。――でも。

でも、彼が変わったからといって、公爵《こうしゃく》家での行いをきれいさっぱり水に流すことはできないと思ってしまう。それゆえに、ナタリーは頑《かたく》なになるのだが、助けてくれた事実を無視するのは――ナタリーの性分《しょうぶん》的にも難しくなっていた。なにより、何度もくじけそうになった時、自分の背中を押してくれたユリウスの言葉を思い出す。そう、ナタリーは立ち向かえることが強いと……彼はそう言ってくれたのだ。ぐるぐると考えながらも心の中で葛藤《かっとう》をしながら、彼に向き合うべきだと顔を上げれば。

(――え?)

ナタリーの目に映ったのは、顔を真っ赤にして――ナタリーを見ないように、違う方向を見る彼だった。そんな彼の様子に、ナタリーは目を瞠《みは》る。もしもナタリーに恥《はじ》をかかせないため、違う方向を見つめているのだとしたら。

(本当に、お互い……不器用ね)

ユリウスの赤い顔を見ていると、なんだか、自分が空回りしていると感じる。ユリウスの行動すべてを拒否《きょひ》して、受け入れまいと押しとどめて、彼の善意を無視するのはおかしいだろう。……今の彼の善意を受け入れてもいいのではないか。〝赦《ゆる》さない〟けど、今の彼と向き合う――。

「……閣下」

彼を見つめながら、呼びかける。気づけば、いつの間にか自分の涙は止まっていて――ナタリーの言葉で、ユリウスはナタリーの方を向き、二人の目が合った。

「お互い、前を――向きませんか？」

「……っ」

ナタリーの手は震《ふる》えておらず、しっかりと言葉を口に出せた。今思えば、彼の瞳《ひとみ》や元義母に対面する時につらい過去を思い出しては震えそうになっていた……が、もう囚《とら》われすぎるのは終わりにしよう。ユリウスが言うところの強さが、ナタリーにはあるのだから――いつだって立ち向かっていけばいいのだ。

「過去を無くすことはできません――が、私たちは今を生きているのですから……変わり続けていく時間を大切にしたいと思うのです」

「変わり続ける……」

「はい、あくまで私の考えなのですが……閣下はどう思いますか？」

「……っ！　俺は……」

ユリウスは一度何かを考え込むように、目を閉じたのち。再びゆっくりと、開いて――その瞳の中にしっかりとナタリーを映した。その視線には確かに、揺《ゆ》るぎない意志の強さがある。

「俺はもう君に悲しい涙《なみだ》を流させないと、誓《ちか》おう」

「……え？　それが閣下の――」

「ああ、俺の生きる導《しるべ》だ。君の美しい笑顔《えがお》を守りたい」

太陽に照らされる彼の顔に、ナタリーは思わず目を奪《うば》われる。だって、こんなに屈託《くったく》なく――嬉《うれ》しそうに目元を緩《ゆる》めて笑うなんて、こんなに眩《まぶ》しい笑顔ができるだなんて、聞いていない。心臓がおかしいくらいに、大きく鼓動《こどう》を打っている。そもそもこれは、驚《おどろ》きというか、ユリウスの笑顔に耐性《たいせい》がなく、つい心臓が跳《は》ねてしまっているだけ……きっとユリウスの心音が速いのだって同じ理由だ。

（――あっ！）

そこでナタリーは、今更《いまさら》ながら、ユリウスと至近距離《きょり》にいることを思い出し。

「か、閣下。あ、あの。近くにいすぎてしまって、ご、ごめんなさい」

「っ！　あ、いや、むしろ、俺の方こそ触れてしまって」

「い、いえっ、ああっ、ふ、服も」

急いでナタリーはユリウスから距離をとり、慌《あわ》てながらも謝罪をする。そしてユリウスも謝罪をし、先ほどの笑顔から打って変わって顔を真っ赤にしていたのだった。

ナタリーは熱が集まる頬《ほお》を両手で挟《はさ》み、冷やしながら――ユリウスの様子を窺《うかが》う。彼もまた顔に熱が集まっているのか、耳が赤くなっていて――そのままナタリーの視線が、ユリウスの頭部へ向けば。

「ふ、ふふっ」

「……ご、ご令嬢《れいじょう》？」

「閣下の髪《かみ》に花びらが付いておりましたの、これが――」

ユリウスの方へ腕を伸《の》ばし、「失礼しますわ」と声をかけたのち。彼の髪に絡《から》まっていた白い花――涙露草《なみだつゆくさ》の花弁を掬《すく》い取る。山からの強風にあおられて、飛ばされてきたのかもしれない。可愛《かわい》い白い花弁が、ユリウスの髪飾《かみかざ》りのようになっているのを見て――ユリウスの逞《たくま》しいカッコよさとの落差に……つい笑みがこぼれてしまったのだ。ユリウスはナタリーの方を見て、なぜかさらに顔を赤くさせていたが――花弁をとってくれたことに感謝を述べていた。

(こんな風に、笑いながら閣下と話ができる日が来るなんて――)

前回は両親を亡《な》くし、信頼《しんらい》のおけるミーナとも離れ――悲しみに暮れていた。そして笑顔を忘れ――元義母には言い返せず、ずっと諦《あきら》めてばかりだった。しかし、時が巻き戻《もど》った今回はお母様の病気や戦争を乗り越《こ》え――元義母へ萎縮《いしゅく》せずに言葉を告げられた。なによりペティグリューに両親とミーナ、そして――。ナタリーは、手に涙露草の花弁を持ちながらユリウスの綺麗《きれい》な赤い瞳に視線を向け、力を入れずに――両親やミーナと話すときのいつもどおりの笑顔で言葉を紡《つむ》いだ。

「ペティグリューを、そして、私を助けてくださって……本当に、ありがとうございます」

見つめていたユリウスの赤い目が、大きく見開かれたかと思うと、彼は口を開いて。

「そうか、俺も……」

「え？」

「傷を治してくれて、ありがとう」

そう声を出すユリウスの顔には、暗い陰《かげ》はなく──爽《さわ》やかな面持《おもも》ちだった。そのまま、ユリウスは少し言い出しにくそうにしながらも言葉を口にする。

「その……」

「なんでしょうか？」

「この綺麗な景色を……もう少しだけ、一緒《いっしょ》に見てもいいだろうか」

その言葉にナタリーも思わず微笑む。

「ええ、もう少しだけ……このまま」

そうして二人は、綺麗な景色に夕日がさすまでの間、平穏《へいおん》なペティグリュー領を眺《なが》め続ける。

彼らの止まっていた時間がゆっくりと動き始めている──そんな兆《きざ》しがそこに存在するのであった。

エピローグ

ユリウスと高台で景色を堪能《たんのう》したのち——屋敷《やしき》に帰ってくれば。お父様は相変わらずユリウスに警戒《けいかい》を示しているが、出迎《でむか》えてくれたお母様からペティグリュー家で身内だけの夜会を開催《かいさい》すると知らされた。

「え？　それは……」

「ふふ、ナタリーと公爵《こうしゃく》様には秘密で準備していたのよ？　サプライズってとこかしら？」

「ご、ご夫人……お、俺は」

「もちろん参加してくださいますよね？　何度も助けていただいているのに、なんだかんだ騎士《きし》団の方を労《ねぎら》うこともできませんでしたし……ね？　ナタリー？」

「た、確かに……？」

「エドワード殿下《でんか》にも招待状を送ったのだけど、お忙《いそが》しいようで……でも、やるからにはしっかりと、が私のモットーなの。……ミーナ！」

「はい！　奥様！　ドレスの支度《したく》ですね！」

「えっ――――」

ナタリーはあれよあれよという間に自室へ連れ去られ、一方のユリウスは困惑《こんわく》しながらも否応《いやおう》なくお母様に促《うなが》され――着替《きが》えの部屋に向かわされたようだ。お父様はギリギリと不満そうに歯噛《はが》みしていたが――お母様に丸め込まれたのか、異を唱えることはしなかった。

そして気が付けば、自室でミーナに「どのドレスがいいですか」と迫《せま》られ、舞踏《ぶとう》会と同じドレスを指させば――なぜだか残念そうにしていたものの、着替えの支度をてきぱきとこなしてくれる。白と紫《むらさき》を基調としたドレスに身を包み――屋敷のホールへ案内されるまでの間、ナタリーは自室のバルコニーで気を落ち着かせることにした。綺麗《きれい》な星空を眺《なが》めながら、ふぅと一息ついていると――ふわっと、柔《やわ》らかな風が吹《ふ》いたかと思えば。

「やぁ、素敵《すてき》な夜だね――ナタリー」

「エ、エドワード様……！」

まるで鳥のように上空から現れたエドワードが、バルコニーに優雅《ゆうが》に降り立った。そして目を細めながら「驚《おどろ》いたかい？」と声をかけてくる。

「も、もちろん……！　それよりもお忙しいと――」

「ふふ、少し執務《しつむ》から抜《ぬ》け出してきちゃったんだ」

「えっ」

「本当は、来たかったんだけど……まだ宰相が逃亡中とのことでね。その件に対応しなくてはならなくて。……挨拶《あいさつ》だけして帰ろうと思っていたけど、やっぱり会うとこんなに綺麗なナタリーを連れ去ってしまいたくなるね」

さらりと言ったエドワードの言葉にナタリーはカチコチに身体《からだ》が緊張《きんちょう》してしまうものの、そんな様子にエドワードは笑《え》みを浮《う》かべて「公爵殿《こうしゃくどの》のことを考えると少し癪《しゃく》だけれども」とナタリーの手をすくい取って手の甲《こう》に軽くキスを落とした。

「今はこれで――また、会おうね。ナタリー」

ナタリーが慌《あわ》てているうちに――エドワードはそっと手を離《はな》す。そのまま彼はウィンクをして「執務があるのが憎《にく》いよ」とつぶやく。そしてまた柔らかな風が吹いたかと思えば、彼の姿は一瞬《いっしゅん》で消えてしまっていた。瞬間《しゅんかん》移動の魔《ま》法《ほう》だと分かっていても、ナタリーはエドワードの行動に振《ふ》り回されてしまっていた。

「お嬢様《じょうさま》、準備ができましたっ！」

「え、ええ。行くわね」

気を落ち着かせるどころではなくなってしまったが、ミーナのもとへ踵《きびす》を返すのであった。そしてホールに向かえば、いつもは慣れ親しんだ屋敷の雰囲気《ふんいき》が変わっていることに気が付く。音楽隊がゆったりとしたメロディーを奏《かな》で、漆黒の騎士団の面々が楽しそうに食事や会話を楽しむ中、ナタリーの瞳《ひとみ》はある一点を見つめる。いつの間に公爵家から取り寄せたのだろうか、正装に身を包んだユリウスがホールの真ん中に立っていて、彼とばっちり目が合った。

彼の周りには、マルクとお母様に拘束《こうそく》され、しゅんとしているお父様がいた。また少し離れた所には、にぎやかな会場に微笑みを浮かべるフランツもいた。何かとお世話になっている彼を呼びたいと思い、両親に招いてもらったのだ。急な声掛けになってしまったが、楽しんでくれているようで嬉しい。

本来なら、大切な人を失って悲しみに暮れていた自分がいたはずの時期。しかしこうして、屋敷で大切な彼らが思い思いに談笑し、生きている――その姿をしっかりと目で確認すれば、ナタリーは幸せを感じ胸が熱くなった。

そのようにナタリーが物思いにふけっていると、視界の中にいたマルクとお母様が意味深長にニコニコとし始めたので違和感を持ち、彼らの目線の先に目を向ける。するとそこには、ユリウスがいて――彼がナタリーの方へゆっくりとやってくるのが分かった。

「とても……綺麗だ」

「あ、ありがとうございます……か、閣下も、素敵ですわ」

「ああ、ありがとう……その……」

顔を赤くしたユリウスは、一回目を閉じ、再び目を開けてから――「周りから言われたのではなく……俺が、望んでいるんだ」と言葉を告げる。いったい何のことかと、ナタリーがユリウスを窺《うかが》えば──彼はナタリーの方へ手を差し出してきた。

「どうか、俺と踊《おど》っていただけないだろうか？」

「……っ！」

ナタリーは、驚きながらもユリウスをまじまじと見つめる。彼の手が微《かす》かに震《ふる》えている様子が見てとれた。その誘《さそ》いが冷やかしではないことは明白で……無意識にナタリーの顔は和《やわ》らいでいた。そして、〝もう〟震えていない自分の手をしっかりとユリウスの手に重ねれば、ユリウスは大きく目を見開く。

「ええ、踊りましょう……リードをお願いできますか？」

「ああ……もちろんだ」

ナタリーの声を聞いたユリウスは柔らかく微笑《ほほえ》んだ。その笑顔を見て、高台の時と同様に心臓が早鐘《はやがね》を打ちながらも、ナタリーもまた自然と優《やさ》しい笑みを浮かべていた。

ゆったりした音楽の中で、ナタリーが踊りやすいようにユリウスはリードをする。二人の間に言葉はなくとも、居心地《いごこち》は決して悪くない。──そしていつしかホール全体の視線が、ユリウスとナタリーに釘付《くぎづ》けになっていた。

二人の姿が「淡《あわ》くも見る人を惹《ひ》きつける月と、その光に優しく照らされた可憐《かれん》な花のようだ」と語られているのを、当事者が知る日も近いのかもしれない。

あとがき

このたびは、書籍版『「死んでみろ」と言われたので死にました。』を手に取って読んでいただき、誠《まこと》にありがとうございます！

本作は登場人物たちの生き様を書くのがとても楽しい作品で……本当に、筆が止まりませんでした！　読んでくださった皆様《みなさま》にも楽しんでいただき、この作品が何かの良いきっかけに繫《つな》がりましたら幸いです。

個人的には、お父様やお母様の明るさをナタリーと一緒《いっしょ》に感じてもらえたら嬉《うれ》しいです。もちろん、ユリウスやエドワードにも……いろんな感情を持っていただけたら、とても嬉しいです！

そして、そうした登場人物たちを最高に魅力《みりょく》的に描《えが》いてくださった whimhalooo《ウィムハルー》様、本当にありがとうございます！　イメージラフを貰《もら》うたびに、テンションが高くなり……完成のものを見た時には、さらに嬉しくはしゃいでおりました（照）。重ねてお礼申し上げます！

また担当のＮ田様、何度もお打ち合わせをしてくださり、感謝感激です。はじめての小説出版で不慣れな中でも優《やさ》しく教えてくださり、本当にありがとうございます！

本作を読んでくださった読者様、そして制作に関《かか》わってくださった whimhalooo 様、N田様——皆様、本当にありがとうございます！

他作品やWEBなども含め、今後もまたお会いする機会がありましたら何卒《なにとぞ》よろしくお願い申し上げます！

江《え》東《とう》しろ

BEANS BUNKO

「「死んでみろ」と言われたので死にました。」の感想をお寄せください。
おたよりのあて先
〒102-8177　東京都千代田区富士見2-13-3
株式会社KADOKAWA　角川ビーンズ文庫編集部気付
「江東しろ」先生・「whimhalooo」先生
また、編集部へのご意見ご希望は、同じ住所で「ビーンズ文庫編集部」
までお寄せください。

「死《し》んでみろ」と言《い》われたので死《し》にました。

江東《えとう》しろ

角川ビーンズ文庫　　23357

令和４年10月１日　初版発行
令和４年10月30日　再版発行

発行者――――青柳昌行
発　行――――株式会社KADOKAWA
〒102-8177　東京都千代田区富士見2-13-3
電話 0570-002-301（ナビダイヤル）
印刷所――――株式会社暁印刷
製本所――――本間製本株式会社
装幀者――――micro fish

●お問い合わせ
https://www.kadokawa.co.jp/（「お問い合わせ」へお進みください）
※内容によっては、お答えできない場合があります。
※サポートは日本国内のみとさせていただきます。
※Japanese text only

ISBN978-4-04-112997-5 C0193 定価はカバーに表示してあります。